AF405188

Seguí a mi intuición… y me dejé llevar

Seguí a mi intuición... y me dejé llevar

Beatriz Gant

Bilogía *Entre puntos suspensivos*

Vivir mil vidas viviendo una sola, visitar miles de lugares sin moverte del sitio. Que los personajes te hablen, que no puedas dejar de pensar en ellos mientras hablas por teléfono, comes o trabajas. Sentirte frustrado cuando no los oyes, cuando nada de lo que plasmas en papel te gusta. No poder despegar los dedos del teclado unas veces y otras no poder escribir una letra. Escribir a ratos por necesidad y otras por convicción. Escribir porque es parte de tu esencia. Eso es escribir para mí.

Beatriz Gant

A mis padres y a Álex,
gracias por quererme tal y como soy.
Gracias por mantenerme a flote siempre,
vosotros me hacéis ser mejor.

A mi abuela, que era mi brújula
y ahora es mi ángel de la guarda en el cielo.
Ojalá no se vaya muy lejos
y me siga acompañando siempre.
La sigo echando mucho de menos.

ÍNDICE

1
MAYDAY

AITANA

Me despierto de golpe cuando noto que una ola me acaba de mojar. El mar se ha picado y veo el cielo cubierto de nubes grises. Me estremezco, lo que prometía ser una agradable tarde en soledad ha cambiado y se ha tornado en algo peor. Tengo que salir de aquí, me da miedo estar sola en estas condiciones.

Casi nunca navego sola, pero hoy lo necesitaba. Mi vida se ha derrumbado y quería alejarme de todo, y en el mar siempre he sentido que los problemas no existen… O existían, porque ahora La Niña, que es así como se llama el pequeño velero que compró mi padre hace unos años, se mueve cada vez más.

Me entra un escalofrío a pesar de que no hace frío, es miedo. Reacciono, quedarme quieta no solucionará nada y no puedo quedar a merced del Mediterráneo, las olas podrían hundir el velero y a mí con él. Dejo los pensamientos a un lado, ellos no me rescatarán, y me pongo en marcha.

Me agarro a la barandilla en dirección a popa[1], coloco el trim[2] y veo que se me olvidó echar el ancla, ¡el ancla! Me maldigo a mí misma la torpeza. Una imprudencia que reafirma una ola me hace perder el equilibrio y que a punto está de hacerme caer al agua cuando, además no llevo salvavidas. Por suerte al final lo hago dentro y me llevó un fuerte golpe en el costado derecho.

—¡Ay!

Me paso la mano izquierda por la magulladura, subo ligeramente la camiseta y me bajo un poco el pantalón para echarle un vistazo a la cadera, está roja, pero está bien. Es el brazo derecho el que se ha llevado la peor parte, me duele horrores.

Me arrastro dolorida por la embarcación, agarrándome a lo que puedo para tratar de acceder a la caseta, mientras las olas zarandean el barco, cada una de ellas más fuerte. Me arrodillo y abro con facilidad la maneta de la caseta del timón. «Aitana, este no es tu día. No puede ser tu final, no vas a morir ahogada», me digo para tratar de tranquilizarme. Nada más entrar, haciendo un esfuerzo titánico y apretando los dientes, consigo alcanzar un chaleco salvavidas que está detrás de la puerta. Me lo pongo y lo aprieto con toda la fuerza que me deja la muñeca derecha, que también se ha llevado un buen golpe. Busco una soga con la que amarrarme al barco y poder moverme si lo necesito y una navaja plegable, que

---

1 Parte trasera o posterior de un barco.

2 Sistema del barco que va hundido que sirve para regular la inclinación sobre el agua de este.

aseguro al chaleco, para cortarla en caso de necesidad. Me la anudo, pero no sé si servirá de algo, apenas tengo fuerza con la mano derecha y soy diestra.

Trato de poner en funcionamiento el barco una, dos, tres, cuatro y hasta diez veces sin éxito. El motor no responde, solo hace un ruido renqueante sin llegar a despertar. Respiro hondo varias veces dándonos tregua al motor del barco y a mí. Vuelvo a intentarlo de nuevo y el resultado es el mismo: no funciona. Cada vez estoy más nerviosa, «¡no puede ser! ¿Por qué me tiene que pasar esto? ¿Por qué?». Lo intento con la radio, quiero ponerme en contacto con el puerto más cercano, pero no sé dónde estoy. Estoy perdida en algún punto del mar Mediterráneo entre Almería, Murcia y Alicante. Entre envite y envite de las olas trato de ver tierra, pero es imposible, una cortina de lluvia donde creo que está la costa disminuye aún más la visibilidad. Para colmo, la señal del GPS también falla y no soy capaz de reconocer ningún signo que me indique dónde estoy. Empiezo a llorar al saber que el destino me tenía deparada la muerte.

Lo he intentado todo y no funciona, ¡con todas las cosas que me quedan por resolver! No tendría que haber salido de casa y coger el barco sin haber mirado antes la previsión del tiempo, pero no fue algo planeado, fue una huida. En cuanto vi aparecer a mi padre no pude permanecer en casa ni un minuto más, cogí las llaves y paré en un supermercado de camino al puerto, necesitaba pensar. Poder calmarme para no perder la poca cordura que aún me queda.

La radio de repente vuelve a funcionar y doy gracias a Dios, a los dioses o a quien quiera que esté ahí arriba, porque en estos momentos me parece un milagro. «Aitana, te vas a salvar, seguro que Protección Civil llega rápido». Me animo como puedo.

—Silence mayday, mayday. Repito mayday. Me encuentro en el barco La Niña con matrícula MU-4-587-96. Estoy perdida, el puerto del que salí fue el de Cartagena con dirección El Gorjuel, mi última posición a hace unas cuatro horas era…¡Ayyyy!

Unas semanas antes…

Tengo la sensación de que la presentación de la película ha ido muy bien. El cine estaba lleno, había mucha prensa dentro y fuera de la sala y me ha gustado mucho reencontrarme con todos mis compañeros del rodaje tras varios meses que ha pasado en postproducción. Estos momentos en los que las cosas salen bien son los que hacen que, de vez en cuando, me reconcilie en parte con mi profesión. Trabajar con Ender como coprotagonista ha sido una auténtica gozada. Es profesional, atento, amable y está lleno de talento. Estoy muy contenta porque se case con Clara, se los ve tan felices juntos que me pregunto si yo alguna vez encontraré a alguien que me mire como lo hacen ellos.

Clara se ha ido algo más atrás durante la película y él está sentado a mi lado. Intento no ser demasiado cruel conmigo misma cuando me veo, pero ese fruncimiento de labios en el photocall *no ha quedado natural, estaba un poco impostado. Subimos las escaleras que acceden a la pantalla de cine tras los títulos de crédito y nos sentamos en unas butacas para contestar las preguntas del coloquio que ha organizado la productora. Presentamos la película y atendemos a la prensa especializada. Esta parte ya me gusta menos, la de vender. Me gusta el ambiente, pero no ser yo la protagonista. A veces fantaseo con que si tuviera una gemela me haría pasar por ella para los momentos más aburridos. Sería divertido. Eso sí, para la fiesta que han organizado después de la presentación volvería a tener mi identidad, pero solo para* entrar a los locales de moda en los que alquilan reservados. Yo entro, me bebo un par de copas y siempre convenzo a alguien de que me baje a la pista de baile para estar con la gente. El mundo del cine es muy endogámico y me parece divertido cómo algunos chicos cuando me reconocen intentan ligar conmigo como si yo fuera un trofeo de caza. Casi nunca les hago caso, pero unos cuantos halagos suben la moral, y solo cuando apetece me dejo llevar. Eso sí, nada de fotos. Como es mi primer proyecto internacional, ha venido mi padre. Si soy actriz es gracias a él y a mi madre. Ella hace mucho que dejó la profesión, pero él aparece de cuando en cuando en algunas series en papeles pequeños y es actor de doblaje.

—¿Has venido sola? —me pregunta Ender.

—No, me están esperando fuera.

—Clara, mi madre y mi hermana están aquí. Si quieres, te acompañamos.

—Vale.

Ender me presenta a Malak, su madre, con la que siento una conexión inexplicable en cuanto me mira a los ojos. La mujer que está a su lado es su hermana y se presenta como Hana. Me sorprende, porque no se parece nada él, sino más bien… Bueno, da igual. Descarto la idea loca que se me pasa por la cabeza, deben ser los nervios postpresentación. Veo a mi padre, alzo el brazo y viene hacia nosotros.

—¿Qué tal he estado, papá?

—Muy bien. Has estado brillante como siempre, hija.

—Gracias.

El gesto de mi padre cambia en cuanto repara en la mujer que tengo detrás, su cara torna de la sonrisa de satisfacción a una más tensa hasta que se le desfigura el gesto y miro detrás de mí. Malak tiene un gesto similar. Busco con la mirada a Ender, queriendo encontrar respuestas, pero tampoco parece entender nada. En este momento caigo en la cuenta de a quién me recuerda mi compañero de reparto y empiezo a comprender ciertas cosas que no estoy preparada para asumir.

—Papá, ¿qué ocurre?

No responde. Su cara de sorpresa inicial cambia y se llena de rabia. Frunce los labios, y cada vez me siento más nerviosa. Solo se miran retándose.

—¿Os conocéis? —les pregunto.

—Nadina, yo soy tu madre.

—¡¿Qué?!

En ese momento no sé qué hacer. Ni Ender, ni su hermana ni yo en realidad lo sabemos. Estamos impactados. Miro alternativamente a mi padre, a la mujer que dice ser mi madre y a los demás. Solo los dos mayores parecen entender lo que sucede. Me llevo las manos a la cabeza y solo se me ocurre que pueda ser una broma. Pero no ríen, están serios y eso es inquietante. No sé qué pensar, solo que quiero salir de aquí corriendo, no sé a dónde, pero quiero marcharme.

2
SOLO

Paco mira por el ventanal del salón desde donde en los días soleados se ve el mar, más allá del pequeño jardín. Hoy la tarde se ha revuelto, el cielo está descargando con virulencia, hay ventisca y la temperatura, generalmente agradable, ha bajado varios grados.

Está dentro de la casa donde Merche, Aitana, Sergio y él han sido una familia durante más de veinte años. Cada rincón habla de un momento diferente donde los recuerdos alegres lo inundan todo y ahora le saben amargos, impostados.

Tras la presentación de la película y la confesión de Malak, Aitana no se fue de fiesta con los miembros de la producción como hace siempre. Malak, Hana, Ender, Aitana y Paco fueron a la habitación que había puesto la productora a disposición de Ender. Él era la estrella internacional. Ambos hablaron con sus agentes y con Pedro, el director, les explicaron brevemente que había ocurrido algo grave y que cuando pudieran darían las debidas explicaciones.

Ya en la habitación Paco sentía que el mundo se estaba desmoronando bajo sus pies y que no iba a poder hacer nada. Hana, Ender y Aitana se quedaron de pie; Clara la novia de Ender se marchó a su casa. El caso es que estaban los cinco en la habitación.

Los más jóvenes tenían muchas preguntas que Paco no era capaz de contestar, no estaba preparado para ese momento, pero Malak, que al parecer llevaba años acumulando odio y rencor hacia él, dijo que había secuestrado a Aitana cuando ella apenas tenía dos meses. La mirada de Aitana buscó en los ojos de su padre que desmintiera aquella afirmación, pero no pudo hacerlo, Malak decía la verdad. Agachó la cabeza e inicialmente quiso poner excusas, pero simplemente se calló y se marchó de la habitación. No quería vivir un momento así. Cerró de un portazo y a los pocos segundos oyó los pasos de Aitana, que le seguían y lo llamaba. Por primera vez en su vida no atendió a la voz de su hija. Ese capítulo debía haber quedado olvidado y ahora todo se volvía real.

Malak, por su parte, sentía alivio por haber encontrado a Nadina, ese era el nombre que le dio a Aitana cuando nació. Había odiado a Paco desde el mismo momento en el que se dio cuenta de que había secuestrado a su hija y ese sentimiento se hizo protagonista del momento. Se quedó con Ender y Hana en la habitación y no les dijo más, la próxima vez que hablaran del tema quería que estuviera su hija pequeña delante.

Al día siguiente, Aitana llegó antes que Paco a Cartagena. Cuando les contó lo que ocurrió de verdad hace veinticinco años, Merche y Sergio hicieron las maletas y se marcharon. Ella le pidió el divorcio y se fue sin hablarle; Sergio se fue detrás de su madre, dijo que no quería quedarse con un hombre que ni siquiera era su padre y había tenido el valor de abandonar a dos hijos en Estambul. Trataron de convencer a Aitana de que se fuera con ellos, pero ella respondió que no, que prefería quedarse para que él sufriera su indiferencia diciendo ese sería su peor castigo y no se equivocaba.

A pesar de todo, de los errores que cometió, lo más duro para Paco está siendo no poder hablar con su hija. Ella, que es su hija biológica, no es capaz de ni siquiera mirarlo y mucho menos de preocuparse por él. Pero, aun así, él la perdona; la quiere muchísimo, daría su vida por ella. Todavía hoy no sabe cómo pudo pensar en algún momento en dejarla abandonada en un orfanato cuando llegó a España. En realidad, en parte estaba justificado. Sus padres, los abuelos de Aitana, eran muy tradicionales y nunca aprobaron la relación que él y Malak tuvieron. La pareja duró a pesar de la oposición por parte de las familias porque eso era un reto para él, y siempre le gustó desafiar a las normas. Cuando esa presión disminuyó, perdió el interés. Sus padres tenían razón. Malak había sido solo un entretenimiento con la consecuencia de tres hijos.

Paco recuerda perfectamente cómo conoció a Malak. En las vacaciones de verano de tercero de carrera quiso cumplir lo que llevaba tiempo persiguiendo, visitar un país solo. Se compró un billete de avión y aterrizó en Atenas, allí tenía un amigo que estaba haciendo prácticas en una embajada. A su amigo no le costó mucho agilizarle el trámite para que le dieran un visado de turista para visitar a la vecina Turquía. Unos días después, ya en Estambul, quiso ver el Palacio de Dolmabahçe, para después conocer otras partes de la ciudad. En el momento en el que fue a pagar la entrada, reparó en la chica morena, de cabello castaño largo, ojos color ámbar y larga melena que le atendía al otro lado de la ventanilla y que le rechazó la moneda de quinientas pesetas y quería que le pagara en liras. Quedó prendado de ella y dijo que esperaría todo el día a que terminara el turno. No se movió del primer banco de piedra que encontró desde donde la veía. Ni siquiera se marchó de allí cuando paró de trabajar para ir a comer. Al final de esa tarde ella aceptó la invitación a un helado y las cosas se complicaron.

Ella quería ir a Grecia, también le gustaba no seguir las normas, y se fueron a escondidas al país helénico. Fueron felices, trabajaban por la mañana con permisos de trabajo falsos y por las tardes comían pescado y se amaban durante horas bajo la luz de la luna y las estrellas. Malak no tardó mucho en quedarse embarazada de Hana. Cuando nació se organizaban bien y seguían disfrutando de su amor y de su hija. Los problemas se agravaron con el segundo embarazo. Volvieron a Estambul y a Paco dejó de gustarle su vida, se veía encerrado en una vida para la que no estaba preparado y el golpe definitivo fue la llegada de Aitana.

Un día, mientras atendía en un bar de Estambul a una pareja de su misma edad, se comparó con ellos y se dio cuenta de que la vida que tenía no era la que quería. De repente… su realidad le vino grande y comenzó a sentir que se ahogaba. Malak y él apenas llegaban a final de mes, con tres niños pequeños y trabajos precarios, cuando él tenía sueños. Paco quería dedicarse al cine y en esas condiciones no lo lograría jamás. Pero no era tan fácil como hacer la maleta y dejar todo atrás. Quiso llevarse algo de su vida… y se llevó a Aitana. Ella era perfecta, un bebé de dos meses llamaba menos la atención que una niña que ya corría y contaba todo o que un niño despierto y simpático como lo era Ender. Con esa idea en la cabeza convenció a Malak para ir al consulado de España en Estambul, con la excusa de sacarles el pasaporte a los tres niños y poder llevar a cabo su plan. Lo demás fue sencillo, una maleta con algo de ropa para él y para la pequeña Aitana, un billete de avión, y ya en España empezó su nueva vida. Una que distaba mucho de la que tenía en Estambul y que se parecía más a la que él ansiaba.

Esa es la historia de la familia. Aitana no conoce tantos detalles y Paco no sabe cómo se enfrentará a ello cuando llegue el momento. Aitana siempre ha sido la mediadora, desde muy pequeña. La que usa mentiras piadosas para conseguir las reconciliaciones; y ahora que ya no queda nada de eso se siente desorientado y abandonado a su suerte.

Paco, no puede parar de dar vueltas de un lado a otro del salón que, en otro tiempo, estuvo siempre lleno con las risas y voces de su familia. Se lamenta de haber animado a Aitana a aceptar ese papel en la película. Quizá si no lo hubiera hecho Ender y ella jamás se habrían cruzado y su vida sería como siempre. Mucho más sencilla.

Aitana ya debería de haber vuelto, son las nueve de la noche y su hija no ha aparecido todavía. Sabe que, aunque vea las llamadas, no se las va a devolver. Tiene una sensación extraña de desasosiego, una intuición que le dice que algo no va bien. Prefiere pensar que seguramente habrá quedado alguna amiga y se le habrá hecho tarde, pero no está tranquilo. Tiene el teléfono apagado y no quiere asustar a Merche por una tontería. Decide coger las llaves del coche y dar una ronda a ver si la encuentra. Cuando abre el armario del pasillo y ve que no están las llaves de La Niña, no aguanta más y decide llamar a la que todavía es su mujer. Debe saberlo, es su madre. Descuelga al segundo tono, él ha respetado desde que se marchó lo que le pidió, que no la llamara, pero esto es diferente, ha de contárselo. Le pregunta si está con Sergio y ante la respuesta afirmativa le pide que ponga el altavoz.

—Ya estamos sentados. —dice Sergio.

—Aitana ha desaparecido.

—¿¡Qué!? —pregunta Merche—. Paco, si me lo dices para que vuelva a casa, no lo voy a hacer.

—Os prometo que no es eso.

—¿Has avisado a su madre?

—Ya lo estoy haciendo.

—Me refiero a Malak —dice ella.

—Merche, Malak no es su madre.

—Sí lo es, Paco, tienes que avisarla, tiene derecho a saber dónde está su hija.

—Pero si no está ni en Cartagena, no puede hacer nada.

—Tiene que saberlo.

—Lo pensaré.

—¿Cómo que lo pensarás? Si no es a ella llama a Ender, es su hermano.

—No, su hermano es Sergio y se está enterando en este mismo momento a la vez que su madre. Vosotros sois su familia.

—Eso no es verdad, Paco. Mi hermana tiene otro hermano, una hermana, otra madre y dos sobrinos.

—Paco, si quieres a nuestra hija y me has querido alguna vez, hazlo. No añadas más dolor al que ya causaste.

Paco duda, resopla varias veces y se mantiene en silencio. Al otro lado de la línea Sergio y Merche se miran, Paco se lleva el teléfono a la boca, mordiéndose los labios resignado. Tiene que hacerlo, ama mucho a Merche y aunque solo sea por ella ha de hacerlo.

—Está bien, avisaré a Malak.

Decide enviarle un mensaje, no quiere hablar con ella, prefiere evitar enfrentarse a su voz y reproches. Es una mujer imposible que no atiende a razones y no quiere dar explicaciones. Le manda un wasap escueto y un minuto después le está llamando un número desconocido.

—¿No te bastó con separarme de mi hermana que ahora, cuando desaparece, no me dices nada? —le reclama Ender.

—Otra acritud más de estas y te cuelgo. —Ender suelta un bufido. Piensa que su padre es un gilipollas.

—¿Dónde está mi hermana?

—No sé dónde está Aitana.

—¿¡Cómo que no lo sabes!?

—No, no lo sé.

Ender no cree real lo que está oyendo. Ese hombre que, por lo visto, es su padre, parece estar muy tranquilo, lo que le hace sospechar que quizás le haya hecho algo. Intenta relajarse y le pregunta a Paco qué fue lo último que habló con Aitana y cuándo.

—No tengo por qué contarte cuándo hablé por última vez con mi hija.

—Si le has enviado un mensaje a mi madre es por algo, ¿o es que acaso tienes algo que ver con su desaparición?

—Eres un tarado, por supuesto que no.

—¿¡Entonces!? —reclama Ender.

Paco cambia de actitud y se sincera, lleva varios días sin hablarse con su hija, le cuenta lo que él cree que debe saber a grandes rasgos. En ese momento no lo va a reconocer, ni más tarde tampoco lo hará, pero escuchar el tono de preocupación en Ender y que haga tantas preguntas, en cierto modo, le hace sentir acompañado.

—¿Has llamado a la policía?

—No.

—¿Y a qué esperas? ¿A que aparezca muerta? Es eso, ¿no? Ahora ella te molesta.

—Mira, chulo de tres al cuarto, Aitana es mi hija y la quiero, no voy a soportar que ningún ligón de discoteca venga aquí a decirme lo que tengo que hacer.

—Paco, aunque te joda, yo también soy tu hijo y estoy exigiéndote que hagas como padre lo que ya tendrías que haber hecho. O llamas de inmediato a la policía o te denunciaré. Voy a poner un mensaje en redes sociales.

—No digas que es tu hermana.

—Pero si ya es un secreto a voces. Además, ¿es eso lo que te preocupa ahora? ¿Tu reputación?

—No, imbécil, pero si quieres que encuentren a mi hija es mejor que te centres en lo importante y no en el cotilleo.

—Haz lo que te he dicho, Paco.

—Tú también, Ender.

No tiene más remedio que hacer caso a su… A Ender, a ese tipejo déspota no puede considerarlo su hijo. Pero la realidad es que le recuerda mucho a él, con esas ganas de comerse el mundo, creyendo que puede con todo. Ve en Ender lo que él algún día fue, y le corroe la envidia. Ender está haciendo las cosas mucho mejor que él.

Cada uno hace una cosa y pronto el nombre de Aitana se hace viral hasta convertirse en tendencia mundial en redes sociales. Paco acude a la policía y denuncia la desaparición. Tras ello, cada hora, recibe una llamada de Ender preguntando por su hermana, pero no tiene noticias. Él llama a su hija a cada rato, por si esta vez diera resultado distinto, pero todas las veces el mensaje ha sido el mismo: «El teléfono al que llama se encuentra apagado o fuera de cobertura en este momento. Por favor, inténtelo más tarde». Esa maldita frase metálica y carente de sentimiento que no había conseguido aprenderse en años, pero que ahora ha memorizado en unas cuantas llamadas.

Horas más tarde, Sergio y Merche entran en casa, Paco al verlos respira aliviado. Se acerca a darle un beso a su mujer, pero ella se lo impide.

—Ni te atrevas. Estoy aquí por Aitana, no por ti.

Paco siente como si cada célula de su cuerpo hubiera envejecido y le recordase que, a pesar de tener a su familia cerca, en realidad están a mucha distancia de él. Sergio va a la cocina y prepara infusiones para los tres. Siempre le ha dicho a su padre que tiene que vender ese cascajo de embarcación, es viejo y pequeño, pero extrañamente su hermana y su padre tienen cariño a ese artefacto metálico. Por eso nunca le han hecho caso. La popa es demasiado baja, lo que lo hace susceptible de que cualquier pequeña ola pueda hundirlo. Cuando Aitana aparezca, porque está seguro de que va a ser así, va a deshacerse de esa lata digan su padre y ella lo que quieran. Se intenta aferrar a la idea de que en realidad su hermana no ha desaparecido, que solamente se ha liado, que en cuanto vaya al muelle estará el barco atracado y ella en algún bar tomando algo. Pero en el fondo sabe que no es así, si realmente estuviera así de seguro cogería el coche, iría con ella de local en local, cuando amainara el temporal acabarían los dos durmiendo en el barco y cuando los rayos del sol los despertaran volverían a casa.

Recuerda el último beso en la mejilla que le dio cuando se fue a casa de sus abuelos. Ella estaba sentada en la terraza del porche tomando un café mientras intentaba concentrarse en el guion de la nueva película y, como una niña, le pidió mimos. Él llegaba tarde, porque tenía guardia en el hospital, pero no le importó. Le dio un abrazo y se recordaron que se querían. Aitana y él son hijos de padres diferentes, pero se adoran. Desde muy pequeños su hermana siempre ha sido su orgullo.

Mientras, en el salón Paco y Mercedes se miran y de repente no se reconocen. Merche siente un profundo rechazo por su marido. No entiende cómo ha sido capaz de estar con él durante los últimos veinticinco años de su vida sin darse cuenta de nada. Paco siempre le pareció un buen hombre, cariñoso, atento y que se desvivía por su familia. Ahora no es capaz de encontrar en él al hombre del que se enamoró. Lo ve y comprende que solamente conocía una faceta suya, la más brillante. Verlo así, abatido, cabizbajo, le da esperanzas que quizás no estuviera tan equivocada respecto a él, pero en este momento le molesta su presencia. No comprende que él sea el mismo que fue capaz de abandonar a dos niños y a la mujer que le había dado tres hijos.

Ambos, sumidos en el silencio, sienten un dolor que les lacera la piel, que apenas les permite llevar algo de aire a los pulmones. Se preguntan una y otra vez qué le ha podido pasar a Aitana e intentan convencerse de que no puede ser verdad, de que su niña no puede haber desaparecido. Tiene que estar sana y salva. Cada minuto es un castigo que les recuerda que no es un sueño, que es real, las manillas del reloj avanzan y, sobre todo, Aitana no aparece. Más allá del jardín hay una docena de periodistas que están haciendo guardia, esperando una declaración de la familia que no va a llegar.

Por otra parte, en Estambul, Malak sigue mirando el teléfono a la espera de recibir alguna noticia de Ender. No pierde vista del aparato, que reposa sobre la mesa de centro sin parpadear ni dar signo alguno. Siente que ha perdido por segunda vez a su hija pequeña y una gran sensación de fracaso. No pudo proteger una vez a Nadina y ahora ha vuelto a fallar como madre. Es cierto que entonces, cuando Paco se la llevó teniendo la pequeña apenas dos meses, sus circunstancias eran muy complicadas, se quedó sola, sin dinero y con dos niños pequeños. Su hermano la recibió con la condición de que solo les daría cobijo si se arrepentía de todo lo hecho y no buscaba más a su hija. No le quedó más remedio que aceptar. Ender tenía solo tres años y Hana cuatro, al menos a los dos hijos que le quedaban tenía que darles un futuro. El primer mes durmió en la caseta del perro, pero el invierno llegó y su hermano y su cuñada se apiadaron a regañadientes, la dejaron dormir en un camastro con sus dos hijos al lado. Trabajaba día y noche en lo que encontraba. Por eso Ender tuvo unos años muy rebeldes en los que se metía en problemas día sí, día también. Se inventó una vida para Paco, una en la que quedaba como un héroe, así Ender y Hana, como todo buen turco, tendría una historia que contar en el colegio.

Ahora, con una infusión de *kava* que cada vez la tiene más despierta, vuelve al presente. Aquella promesa que le hizo a su hermano jamás la quebró, y habría seguido sin hacerlo de no ser porque Ender y Nadina habían grabado la misma película. Ahora comprende cuánto se equivocó y lo mala madre que ha sido. ¿Cómo pudo aceptar algo así? La maternidad le vino grande. Todos sus sueños de adolescente de ser abogada quedaron en un pasado que cada vez le parece más lejano y en el que no se reconoce. Ahora, al filo de los cincuenta, se siente como si tuviera muchos más años y tras toda una vida trabajando se da cuenta de cómo de distinta habría sido su vida si hubiera mandado echar a Paco de aquel banco desde donde la observó durante horas. La Malak de hace treinta años no habría reconocido a la señora en la que se ha convertido, una persona gris, amargada y rencorosa, pero que sigue albergando el amor incondicional hacia los suyos. Reflexiona que ya es demasiado tarde para recuperar el tiempo perdido, ese en el que la vida había parecido darle una segunda oportunidad para poder recuperar a su hija. Ahora, si Nadina no aparece sana y salva, la vida se la habrá arrebatado por segunda vez y no sabe cómo podrá seguir viviendo.

En Cartagena, en la casa de Paco y Merche todo sigue igual. Han llamado otra vez y al otro lado de la línea la policía que les atiende sí les hace caso, su tono es delicado. Les pide que estén tranquilos, que harán todo lo posible por encontrarla y que en cuanto tengan noticias llamarán. Una atención muy diferente a la de hace unas horas cuando el policía que le atendió poco menos que tomó a Paco por un chiflado.

En La Coruña Ender se remueve inquieto en la cama. Está en la ciudad por un asunto de trabajo y, aunque no hay nada que le apetezca más que tener entre sus brazos a Clara para que lo calme, no puede hacerlo. Nunca se había sentido así de impotente y de tan poca cosa. No puede buscar a Aitana, no puede abrazar a Clara y solo puede estar quieto, confiando en que la policía haga su trabajo. Mira la gran masa negra que es el mar y se encomienda a Alá para que ayude a Aitana. Ahora que sabe que son hermanos comprende que no fue casualidad lo cómodo que se encontró con ella, sino porque los lazos de sangre le estaban avisando de que ella era alguien en su vida. Clara le dice que es la intuición. En realidad él no sabe lo que es, pero si lo dice ella, así será. En ese momento Clara le hace una videollamada y, por fin, consigue tranquilizarse un poco. Se acompañan en el silencio. Ella tampoco puede dormir, está dibujando y ha puesto la cámara para que él se entretenga. Así, de esa manera, se sienten más unidos en la negrura de la noche donde parece que no queda esperanza. Clara se convierte en la suya y él para ella en su calma.

3
UN GOLPE DE SUERTE

AITANA

La radio deja de funcionar y, desesperada, la golpeo una y otra vez mientras lágrimas de impotencia me mojan las mejillas. Un nuevo envite del mar, más fuerte que el anterior, mete unos cuatro dedos de agua dentro de la bañera[3]. Por suerte, el barco consigue drenar con rapidez. Llorando no voy a arreglar nada, solo conseguiré desesperarme más y perder las pocas oportunidades que me queden. De repente, recuerdo que hay en el puente de mandos una trampilla donde puede que encuentre algo. Al abrirla localizo un lanzabengalas y unas señales fumígenas, así que lo cojo todo.

Reviso el anclaje al barco, es débil, pero no tengo más fuerza, espero que así sirva. Salgo a cubierta, voy a sotavento,

---

3 Espacio abierto en la parte posterior del barco (popa) donde suelen estar los asientos en los barcos pequeños.

enciendo una bengala y la dejo en el mar. Trato de tranquilizarme y mantener la cabeza fría, pero la desesperación hace que lance otra más a pesar de que sé que debería esperar más tiempo.

Repaso mi vida. Mi familia, ellos sí que son mi motor. No quiero que ya haya ocurrido la última vez que los haya visto, no quiero haberles dado el último beso, dicho el último «te quiero»… No… ¡Me gustaría decirles tantas cosas!

A mi padre, al que a pesar de todo quiero, aunque no se lo merezca, aunque fuera cruel y despiadado cuando me secuestró. No puedo perdonarle lo que nos hizo, pero no tengo queja de cómo me ha tratado, de la educación que me ha dado y de los valores que me ha inculcado. Me pregunto cómo puede ser bueno y haber tenido esa parte tan retorcida que nos ha destruido a todos.

Envío al cielo otra bengala cada vez más desesperanzada, pero voy a luchar hasta el último segundo. Me debo a mí misma no rendirme.

El subconsciente, para mantenerme a salvo, me lleva los pensamientos por otros derroteros. Me llevan a mi vida actual. Las revistas dicen que soy una estrella de cine, que mi calidad interpretativa está muy por encima de las de mi generación y que el director no podría haber elegido una actriz mejor para interpretar a Isabel de Castilla. El mejor papel, dicen, que he hecho hasta ahora. Ironías del destino, el orgullo me mantiene a salvo porque evita que lance otra bengala al cielo, precipitándome. Ahora me doy cuenta de que, a pesar de todas las luces y las sombras, hay algo que me mantiene conectada a mi profesión. Me gusta ponerme en papel de personas con las que no tengo nada en común, estudiar su psicología, entender sus miedos, sus pasiones, sus razones para actuar de esa manera… Pero me da rabia no tener suficiente tiempo para crear, para desconectar y poner el *off* cuando salgó de plató. Envidio a la gente que al salir del trabajo puede olvidarse de él. Yo no puedo porque el personaje se pega a mi piel y lo vivo las veinticuatro horas del día. También porque para muchas personas sigo siendo Sara o Isabel. Cojo una señal fumígena y la dejo sobre el agua con miedo de que la siguiente ola sea la que hunda el barco. No me pienso rendir, me agarro a la barandilla que rodea el barco y decido intentarlo una vez más. A ver si ahora la radio funciona. Entro de la cabina desesperanzada, primero lo intento con el motor.

El barco hace un ruido con el que parece que va a arrancar, pero no funciona, cada vez lo hace más débil hasta que darle a la llave no consigue nada y desisto. Me enfado y empiezo a dar manotazos a todo cuanto pillo y también a la radio, que hace un ruido ensordecedor. Intento conectarla, pero no hay manera, no da señal. Voy a morir, empiezo a aceptarlo.

Mi infancia fue muy feliz, siempre entre bambalinas viendo como mis padres decían ser otros mientras yo miraba cómo actuaban. Me encantaba ver cómo mi madre se ponía delante de la cámara y se transformaba en otra y a mi padre en un estudio de doblaje sacando el tono de voz más grave que tenía y poniendo voz en castellano a ese actor de Hollywood que tanta gente admiraba.

Siempre había personas a mi lado que nos entretenían a mi hermano y a mí mientras la magia del cine o la tele sucedía. Lo mejor era que podíamos comer tanto chocolate y golosinas como quisiéramos, a escondidas, claro, de mis padres. ¿Quién iba a negarle a una niña un trozo de tarta si le apetecía? Aprendí a ganarme a la gente y por eso, y también porque me animó mi madre, empecé en la interpretación. Un juego que con los años se volvió menos divertido, cuando fui consciente de que supuestos amigos me ponían verde a mis espaldas. Por esa razón dejé de confiar en mucha gente y, aunque siempre doy una oportunidad, prefiero que sean los demás quienes me cuenten.

Con los ojos anegados en lágrimas, entre ola y ola me parece ver un punto rojo que se acerca. Para indicarle mi posición exacta alcanzo una bengala de mano y la enciendo, cogiéndola con cuidado por la base. El barco se acerca veloz y no recuerdo ningún momento más feliz que este. ¡No voy a morir! Voy a poder decirles todas estas cosas a mis seres queridos. No tendré vida suficiente para agradecer al barco que se acerca a mí que me rescaten. Solo me queda esperar. Ya está muy cerca y veo que es un barco de vela con mucha publicidad. Pierde velocidad, se acerca por la proa hasta ponerse en paralelo. Un hombre enfundado con un mono corta vientos y un abrigo de la misma tela, tapado con capucha al que solo se le ve la nariz, la boca y se le intuyen los ojos, me habla en inglés y me pregunta que si necesito ayuda… «No, me gusta mandar señales de humo por diversión», digo fruto de los nervios.

—*What?* —responde.

—Sí, necesito ayuda —contesto con más educación.

Me pide que suba a su embarcación y abandone a: La Niña, el orgullo de mi padre se va a hundir en el Mediterráneo. Tengo un breve sentimiento de nostalgia por todos los momentos vividos a bordo a pesar del miedo pasado y echo un último vistazo a La Niña a modo de despedida. Una ola golpea el barco que me saca de la ensoñación, me tengo que marchar, por mucho que duela. El extraño me ofrece su mano y se la doy, me pongo en el borde de La Niña, y doy un salto más torpe de lo que requiere la situación subiendo al barco que me está rescatando.

—Gracias, muchísimas gracias. A mi barco no le funcionaba el motor y tampoco la radio, solo me quedaban unos cuantos botes de humo y unas cuantas lanzabengalas —le cuento.

—Perdón, pero yo no entender español, señorita —dice con un marcado acento anglosajón.

Me disculpo y cambio a su idioma. Ahora sí, me hago entender. Él responde que no hay problema, que vayamos a la bañera del barco, ahí estaré a salvo. Los nervios por los momentos tan tensos que he pasado me pasan factura y siento que peso un quintal, me cuesta andar y tengo tanto frío que creo que me podrían amputar un dedo sin enterarme. Me señala dónde debo agarrarme y hago todo tal y como me dice.

Recorremos con mucho cuidado el costado de estribor sujetos en todo momento por cuerdas que nos mantienen a salvo de precipitarnos al mar. El capitán, desde uno de los timones, levanta la mano para darme la bienvenida y yo solo puedo agarrarme más fuerte al asidero para no caerme al ver una sonrisa de dientes perfectos debajo del traje cortavientos y, si la vista no me falla, unos ojos de color claro. No sé si es el mareo, pero juraría que ese hombre tiene una sonrisa que haría hundir toda la marina estadounidense. De un salto nada ágil, bajo a la bañera del barco tras el hombre que me ha ayudado. Me pide que me agarre a él mientras suelta la cuerda que llevo atada a la cintura y que está amarrada al propio barco y abre una de las escotillas[4]. Una portezuela metálica, redonda y hermética lleva al interior de la cabina.

____

4 Escotilla: puerta o abertura que permite entrar al interior del barco.

El hombre me dice en susurros que intente no hacer ruido. Entramos y veo que hay algunas camas ocupadas. Hay una parte de la tripulación está durmiendo porque hacen turnos. Yo paso por el barco como la pantera rosa andando con sigilo, solo que en torpe y haciendo ruido. Me disculpo.

El espacio es de dimensiones muy reducidas, pero está aprovechado al máximo. Nada más entrar veo que hay una puerta gemela a por la que he entrado. En medio de ambas hay una especie de minicocina con un infernillo para calentar la comida. Los tonos del interior son blancos, negros y grises de material plástico y sin función aparente, tan solo unos camastros con aspecto de ser muy incómodos cuelgan del techo con sacos de dormir. Debajo hay unos escalones acolchados alargados que recorren todo el barco, una mesa minimalista de plástico en medio del habitáculo bastante ancha que entiendo que es para arreglar cuando se rompa algo la embarcación. En la otra estancia, la que está más cercana a la proa, hay una cabina con ordenadores y aparatos que no distingo. El hombre que me acompaña se quita la capucha y se presenta.

—Soy George. —Tiene barba y pelo cano, los ojos claros y bastante grandes.

—Soy Aitana, encantada. Muchas gracias por venir en mi ayuda, mi barco estaba a punto de hundirse…

—No me des las gracias a mí, no ha sido cosa mía sino del capitán, Mark. En cuanto amaine el temporal entrará a verte. —Asiento con la cabeza. Por un momento ese nombre me resulta familiar, pero deshecho la idea, no creo que sea eso.

—¿Dónde estamos?

—Según el GPS nos faltan unas pocas millas para llegar al Cabo de Palos. —Me quedo muda, no tenía ni idea de que el barco hubiera recorrido tanta distancia a la deriva sin darme cuenta.

Ahora que el peligro ha pasado, me siento y noto el vaivén de las olas que, aunque sigue siendo fuerte, no tiene nada que ver con cómo se notaba en La Niña. Los ojos me empiezan a escocer y tengo ganas de abrazar a algo o alguien que me diga que estoy bien, que ya estoy a salvo. Miro mi ropa, normal que tuviera frío, estoy empapada. Solo me doy cuenta de que George se ha marchado a cubierta cuando oigo la puerta cerrarse. Una vez más, me repito que debería haber mirado el parte meteorológico y no salir a lo loco. Pero el no querer encontrarme con mi padre me hizo tomar una decisión impulsiva y ahora lo estoy pagando, yendo a no sé dónde con unos desconocidos que no sé qué hacen aquí. Y aun así soy afortunada, porque si no lo hubieran hecho, la muerte era segura.

Decido que es absurdo dejar que me sigan picando los ojos, necesito desahogarme y estoy sola, así que me abrazo a mí misma y me acuno y cuando el llanto va a más me muerdo los nudillos con fuerza. Necesito llamar a mi hermano, pero ¿a qué hermano? Si ahora tengo dos. Seguro que ya saben que he desaparecido y Sergio sabrá qué hacer…

Ese abrazo que le di. Cómo lo echo de menos. Si me hubiera esperado, como él me dijo, hasta el fin de semana podríamos haber pasado un día genial en altamar poniéndonos al día, comiendo pescado y recordando viejos tiempos. Pero no, tuve que salir hoy. Me limpio las lágrimas y me estiro un poco la ropa cuando oigo ruido fuera.

George vuelve y entra antes que el capitán. Ambos abrimos los ojos con estupefacción, miro a mi alrededor y de repente caigo en la cuenta…

—¿Qué haces tú aquí? —pregunta.

—Salí a navegar y me perdí. ¿Dónde estoy?

—Bienvenida al Piratas del Mar.

—¿Tu barco? —Asiente, cruzando los brazos y tamborileando con los dedos de una mano en el codo del otro—. Entonces, llegáis a Barcelona pasado mañana.

—Queremos que sea antes, pero sí, esa es la fecha límite. Ahora no me hagas perder más el tiempo, ¿por qué estás aquí?

—Ya te lo he dicho.

—¿Sabes que podrías haber muerto? —Agacho la cabeza, eso me recuerda los malos momentos que acabo de pasar en La Niña—. No miraste el parte meteorológico antes de salir. —No respondo—. Eres una inconsciente.

Ante esa última afirmación cargada de desdén empiezo a despertar. Si ya me caía mal por otros motivos, ahora está consiguiendo empeorar mi concepto sobre él. Tiene que decirlo delante de los demás, quienes han esperado inmóviles casi como fueran estatuas. Al ver que estoy quedando en evidencia, me pongo la máscara y me envalentono definitivamente.

—¿Qué tengo que decir? ¿Perdón, *papá*, no volverá a pasar? —ironizo.

Se acerca y me da un tirón del codo derecho haciendo que un latigazo de dolor me suba de arriba abajo. Lo disimulo, y me lleva hacia el fondo del barco con su mano callosa y se detiene junto a una litera.

—Como me vuelvas a hablar así delante de los demás te pongo un chaleco salvavidas y te arrojo al mar. ¿De acuerdo?

No respondo, pero noto como mis ojos se inyectan en sangre y me muerdo los labios para no contestar. Callo porque soy consciente de la jerarquía en el barco y él, como capitán, es el que manda.

A su lado hay colgada una bolsa de la que saca una camiseta gris de tirantes, unos bóxeres negros, unos pantalones desmontables marrones, un jersey deportivo como el que lleva puesto y unas zapatillas antideslizantes. Me pone la bolsa de ropa en una mano y me agarra de la otra para llevarme al final del barco y yo, de forma inconsciente, la cojo con fuerza. Me resulta agradable notar sus manos fuertes, aunque maldigo mi suerte. Como las otras veces, me siento atraída por él, pero no, no puede ser, ya me quedó claro hace mucho tiempo el concepto que tiene sobre mí. Así que decido dejar de montarme historias.

—Aquí tendrás intimidad, yo vigilaré que nadie entre.

—Gracias. —Respondo mirando sus ojos color mar. Indefectiblemente me vuelvo a sentir atraída por su sonrisa, que antes no reconocí, por su mandíbula angulosa por la que se atisba barba de unos tres o cuatro días y por su piel dorada por el sol. Se marcha sin responder.

Mark y yo nos conocimos hará unos cinco años, quizá seis. Fue cuando me contrataron, por primera vez, para ser la imagen de la Spanish World Race, una regata que da la vuelta al mundo y en la que él participaba. En aquel entonces mi popularidad estaba en lo más alto, hacía poco que había terminado una serie. Llegué al estudio de fotografía donde me harían unas fotos, me senté en maquillaje y al rato, cuando estaba delante de la cámara, me presentaron a Mark.

Cuando lo vi por primera vez me pareció un chico muy atractivo, alto, rubio, musculado, pero sin estarlo en exceso. Los labios ocultaban una sonrisa tímida, a sus ojos le costaban mantener la mirada y estaba rígido, adiviné que estaba nervioso. Me confesó que era su primer reportaje. Le di unos cuantos consejos y la energía fluyó entre nosotros. Nos entendimos muy bien desde el principio. No me cuesta reconocer que me sentí atraída por él, pero eso era poco profesional. Así que me intenté quitar de la cabeza ese sentimiento, me limité a posar, sonreír e interpretar para grabar el anuncio. Pero al final, él, en agradecimiento, me quiso invitar a tomar algo y me escuché diciendo que sí, sin darme cuenta.

A partir de entonces, se estableció entre nosotros una especie de amistad intermitente. La campaña funcionó bien y nos volvieron a llamar a los dos. Nos seguíamos en redes sociales y de cuando en cuando nos preguntábamos qué tal estábamos. Y así, cada año, cada vez que lo veía sentía la misma química entre nosotros. La organización se dio cuenta y empezaron una especie de historia de ficción entre nosotros que de año en año progresaba para promocionar la regata. La estrategia pareció funcionar a nivel de publicidad y este año, en teoría, es el último. Y justo en esta última campaña oí como me criticaba con el fotógrafo. No recuerdo exactamente sus palabras, pero venía a decir que era una pija estirada y egocéntrica o algo así.

El caso es que ahora estoy en su barco, a su merced, y preferiría estar en cualquier otra parte. Lo bueno es que la ruta acaba en Barcelona, el lugar al que tenía que ir pasado mañana precisamente para presentar la gala de premios de la regata.

Doy una vuelta sobre mí misma, hago algo de hueco en el banco anclado a la estructura del barco y dejo la ropa que me ha dado Mark. Me quito la camiseta con dificultad, al igual que el resto de la ropa, anudándome una toalla al pecho aunque esté sola.

Me pruebo la camiseta, me queda enorme, así que le hago unos cuantos nudos en los tirantes. Con los pantalones poco puedo hacer —me quedan gigantes—, tiro de los extremos del cordón para ajustarlo todo lo que puedo y hago unos dobleces en las perneras. Los míos los recojo del suelo y los dejo sobre el banco. Me ha dejado dos pares de calcetines y un calzado de goma como el de ellos en el que me sobran unos cuatro dedos. Cojo un calcetín lo enrollo y lo introduzco en la puntera de una de las zapatillas, con el otro hago lo mismo y ahora sí. Aunque me aprieta el pie, podría ser peor. Por último me pongo una sudadera que me valdría como vestido. Rato después, cuando me armo de valor, resoplo varias veces y voy hacia la puerta que comunica con el exterior; me da miedo, pero aun así lo hago, no puedo quedarme encerrada.

Empujo la manivela hacia arriba y se abre. Entra un viento muy fuerte que a punto está de tirarme de culo, pero en el último segundo evito la caída agarrándome no sé a qué, me mantengo en pie y ya de paso conservo la dignidad. Ya entonces, veo que Mark tiene un foco en la cabeza que ilumina de soslayo las proporciones helénicas de su cara. Se atisba en ella una sonrisa cargada de sorna que me encantaría poder arrancarle de un plumazo.

George me ve y viene en mi rescate, este hombre se ha convertido en algo así como un ángel de la guarda barbudo. Me anima a que me siente con los demás, quienes están cenando aun no habiendo anochecido todavía y eso hago. Me comentan que el mar les ha dado una pequeña tregua, pero que las rivales están cerca y por ahora van primeros en la vuelta al mundo a vela. Digo la tontería de *«oh my God»* como si fuera la mujer tonta y sin cerebro que no me considero. Tras la cena cada uno vuelve a su puesto.

Estoy pegada a la pared y cuando se mece ligeramente más de lo normal el barco noto como si se me saliera el corazón. Me duele el cuerpo y no soy capaz de ver el atardecer. No puedo evitar tumbarme y hacerme un ovillo para autoprotegerme; mala idea, ahora soy menos estable y ruedo como una pelota. Además del pequeño grito de miedo que he tratado de reprimir sin éxito. Pongo los pies en el suelo y apoyo la espalda en la pared, tratando de tener una posición lo más relajada posible. Cojo aire por la nariz y lo exhalo por la boca poco a poco. Estoy así un tiempo hasta que una voz interrumpe mis pensamientos y mi pánico.

—Hola. —Un chico alto, desgarbado y con granos todavía se acerca a mí y se presenta como Bernard.

—Hola. —Sonrío agradecida de que me hable.

—Tienes miedo al mar.

—Hasta hoy no, pero ahora… No sé cómo estoy logrando contenerme. Solo de pensar lo que he vivido hace un rato…

—Es normal, estabas en apuros —dice. Por fin algo de comprensión.

—Sí.

—Estás cansada, ¿quieres dormir?

—No sé si seré capaz —respondo con sinceridad—. Me caí en el barco y me duele todo el cuerpo.

—En ese caso te vendrá bien la pastilla que me ha dado el capitán para ti, para que puedas dormir. —Lo miro con desconfianza—. Es un relajante muscular, te sentará bien.

—No puedo negarme, ¿no?

—Creo que él y tú ya os conocéis, así que sabes la respuesta.

Me meto la pastilla debajo de la lengua y a los pocos minutos noto los efectos. Me quedo dormida, a pesar de que lucho contra ello.

A la mañana siguiente me despierto atada. Al principio me agobio un poco, pero cuando uno de los chicos me ayuda a quitarme los amarres, me quedo más tranquila. Me ruge el estómago y me dan un bollo para desayunar, no está bueno, pero supongo que es mejor que nada.

Salgo a cubierta y doy los buenos días a todos. Me callo y me quedo donde creo que no molesto. Aplico la técnica de intentar concentrarme en un punto del infinito y mantener la mirada. En mi ángulo de visión me fijo en que el barco es muy grande, calculo que tendrá unos veinte metros de eslora que las líneas rectas buscan que sea lo más aerodinámico posible. Desde las velas, pasando por la estructura del casco y hasta los tripulantes, parecen ser todo uno, un conjunto de piezas de un engranaje. Llevan todos la misma ropa y le pregunto a Bernard, al que parece que le han asignado la tarea de cuidarme, el motivo.

—Porque somos un equipo de vela. Llevamos tantas semanas dando la vuelta al mundo a vela que he perdido la cuenta.

—Lo sé, soy la imagen femenina de esta regata, pero no sabía que dentro teníais que llevar uniforme.

—Sí, siempre.

Le pregunto sobre su labor aquí y me dice que hace un poco de todo. Es el más joven de la expedición y no tiene una tarea fija asignada. Me cuenta que está muy contento por haber cumplido su sueño de forma parte de la tripulación de Mark Cook, todo el mundo le admira por ser el mejor capitán de la Spanish World Race. Estar con él, me dice, es como estar al lado de Dios. Miro hacia él y veo que lleva las manos en la rueda del barco, que parece ser una continuación de su propio cuerpo, tiene la vista fija en horizonte con los labios apretados, las piernas ligeramente separadas y de vez en cuando da instrucciones a unos y a otros.

Bernard y yo seguimos hablando un rato más, hasta que mirando a sotavento logro divisar un punto rosa que se acerca. Tiene las velas izadas para aprovechar el viento que ahora sopla a su favor y supongo que va a gran velocidad. Esto lo sé porque ante una voz de Mark salen todos corriendo por el casco, cada uno va a su puesto rápidamente para conseguir que el barco coja más velocidad. Suenan crujidos y en pocos segundos el navío adquiere una velocidad de vértigo que noto porque el estómago me da un vuelco.

Me dan algo para comer y Bernard tras hacer aquello que tiene que hacer, vuelve a mi lado y se instala un silencio agradable entre nosotros. Miro hacia donde está el timón del barco y veo que Mark —la ropa le tapa menos cuerpo que ayer cuando llegué y no puedo evitar fijarme en su cuerpo— sigue tan atractivo como siempre, el jersey negro deportivo le marca unos pectorales fuertes y un vientre plano y de los pantalones salen unas piernas fibrosas, descubiertas desde la rodilla, acostumbradas a recorrer el espacio tan pequeño como es el de un barco con fuerza y agilidad. Lleva unas gafas negras deportivas y tiene el pelo despeinado por el viento que sopla. Me pregunto si hay alguna manera en la que esté Mark en la que no me parezca tan atractivo.

Me siento en deuda con todos los hombres de este barco. Sino fuera por ellos, estoy segura de que habría muerto. Tras un buen rato sin saber qué hacer aparte de quedarme donde estoy, tratando de molestar lo menos posible, Bernard me avisa de que el capitán me está llamando. Me levanto con precaución, tratando de olvidar que sigo teniendo miedo después de lo vivido.

—¿Aitena? —me llama. Todavía después de todos estos años sigue sin saber pronunciar bien mi nombre.

—No, Mark, me llamo Aitana.

—¿Aitene? —No puedo menos que esbozar una ligera sonrisa, que disimulo mordiéndome los labios por dentro.

—No, Aitana, pero mejor llámame Ait, creo que te puede resultar más sencillo.

—Vale, Ait —dice con un tono demasiado seductor para mi gusto, que me recorre el oído y de ahí se extiende por todo el cuerpo con un calor ligero, como la brisa de verano.

—Eso está mejor.

—¿Estás bien? ¿Necesitas algo?

—No, gracias. —respondo educadamente, pero sin dar más opción a que indague.

—Quería hablar contigo para pedirte perdón por lo de ayer; acabábamos de salir de una tormenta, recogerte nos ha retrasado y… Estaba muy nervioso.

—No importa, tenías razón diciendo que fue una imprudencia salir sin mirar el parte meteorológico.

—Ya, pero no fue correcto el tono en el que te lo dije. ¿Qué pasó? —insiste.

Le hago un resumen de lo ocurrido, se lo cuento como si fuera una película, como si no me hubiera ocurrido a mí en realidad. Hablo sin parar y se me seca la garganta, me da una botella de agua, así que paro para respirar e hidratarla. Él me escucha, me pregunta, pero en ningún momento suelta el timón del barco ni pierde la concentración. Primero me pongo de frente a él, luego en un lado y por último sentada detrás suya, lo que me hace confirmar una vez más… que tiene un buen culo. Redondo, apretadito, de los que dan ganas morder.

—¿Quieres coger la rueda?

—No, seguro que cambio el rumbo sin tener que hacerlo o vete tú a saber.

—Tranquila, no vas a moverlo ni un milímetro.

—¿Te fías de mí? Mira que hace unas horas he llevado a un barco a la deriva…

—No para navegar, pero tranquila, que no me voy a despegar de ti. —Eso no sé si es mejor o peor, me pone un poco nerviosa su cercanía—. Venga, no seas tímida, acércate.

Le hago caso, me levanto y me aproximo a él. Separa uno de sus brazos para enjaularme entre él y la rueda.

—Es mucho más natural, mira, así. —Posa las manos sobre las mías y desliza ambas sobre el aro lentamente, como si fuera una caricia. Me estremezco de placer—. ¿Tienes frío?

—Un poco, la verdad.

—¿Quieres que te traiga un abrigo? —me pregunta muy cerca del cuello, veo su cara de soslayo.

—No, por favor, no me dejes sola. —Junta las cejas y sonríe de lado.

—No estoy tan loco como para dejarte a manos de mi barco.

Y así, se rompe la magia en cero coma un segundos. Ahí está, el Mark que sabía que existía, pero que ha estado disimulando estos tres minutos. El que intentaba aparentar ser agradable. No sé de qué me extraño, si ya sabía que era así.

Una vez Phil se queda al mando, sustituyéndole en el timón, Mark echa un último vistazo y anda con seguridad, una que por supuesto yo no tengo, hacia el interior del barco. Le sigo. Al rato salimos y nos sentamos un rato viendo el atardecer, su hombro y el mío se rozan y siento como algo natural su cercanía, me gusta. Percibo su olor, a sudor mezclado con sal; no es desagradable, es peculiar. El de un hombre extraño. Parece vanidoso y burlón, sin embargo contrasta con el que conocí hace unos años. «¿Por qué es tan contradictorio, tan extraño?». Tras estar un buen rato nos levantamos y vamos hacia la bañera, donde una de las escotillas está abierta y se escucha una conversación. Mark y yo nos quedamos callados.

—George, Mark tenía razón, no deberíamos haber acudido a la llamada de auxilio. Eso nos ha retrasado muchísimo y el Cascada está muy cerca de nosotros. Las chicas nos van a alcanzar.

—¿Y me lo dices tú? Sabes lo que dice el protocolo, es una obligación la de acudir a ayudar a otro barco cuando hay una llamada de socorro.

—Pero podríamos haberla ignorado, las chicas estaban muy cerca. Ahora está en peligro las series mundiales y el ganar la vuelta al mundo.

—Mira, conozco a Mark desde que no se levantaba más de un metro del suelo, si no lo hubiéramos hecho se habría arrepentido toda su vida.

—Te equivocas, viejo George, para Mark esta competición es lo más importante.

—Lo es para todos.

Levanto las cejas y miro a Mark. No dice nada, solo se encoge de hombros.

—Quiero marcharme de aquí, virad hacia puerto —exijo.

—No eres tú la que toma ese tipo de decisiones, el patrón soy yo.

—Hace unas horas no querías rescatarme y lo hiciste.

—Forzado.

—Por supuesto —afirmo—. Pues te obligo.

—No puedes hacerlo.

—Sí puedo, me tiraré al agua.

—Hazlo, *Aitena*, no sobrevivirás.

Discutimos durante un rato, yo intento convencerle de que hagan una parada para dejarme en puerto y él se niega. Pruebo primero a hacerlo de buenas maneras a pesar de mi enfado por lo que he oído, después me voy desesperando más y más hasta que desisto y acepto mi destino, llegar con ellos a puerto.

—Ojalá acabe pronto esta pesadilla.

—Pues si quieres que se te pase más rápido el tiempo, no seas vaga y trabaja para que se te pase cuanto antes.

—¿Qué tengo que hacer, mi capitán? —digo con retintín.

—Ayudar en lo que te manden.

Paso por su lado y le empujo con el hombro con una aparente seguridad que realmente no tengo.

—¿En qué te puedo ayudar? —pregunto a Bernard—. No quiero ser una polizona en este barco y después de que me hayáis salvado estoy en deuda con vosotros.

—Tendría que preguntarle a Mark, no sé sí…

—Déjala que te ayude —oigo la voz autoritaria de Mark a mi espalda.

—En ese caso, a esta hora toca sacar la cena, si quieres —propone.

—Por supuesto.

Le sigo por el barco y veo que empieza a cargarme con paquetes y paquetes de comida, sin darse cuenta de que casi no puedo sostener más y que apenas puedo ver.

—Oh, puede que me haya pasado —ríe divertido. Estaba bromeando conmigo. Me sorprende viniendo de un chico que parecía tan tímido. Su cara pecosa y su risa nerviosa me parecen adorables. El típico del que te encantaría ser amiga y que te contara todo y abrazarle porque tuviera mal de amores. Lo de ser peliculera es deformación profesional.

—Sé que me habías visto y aún así no te ha dado pena cargarme.

—¿No querías ayudar? Pues así lo hacías —sigue la broma.

—¿Pero a costa de romperme los brazos?

—No exageres. —Reímos.

Mark entra como una exhalación y se le descompone el gesto al ver que nos estamos riendo.

—Los chicos de ahí fuera tienen hambre, si llego a saber que ibais a tardar tanto en coger cuatro paquetes de comida precocinada lo habría hecho yo mismo —dice malhumorado. Bernard agacha la cabeza y guarda silencio, a mí me dan ganas de patearle la cara por idiota. El chico se va y siento que voy a saltar de un momento a otro como lo trate de nuevo así.

4
LUCHA DE TITANES

Bernard sale rápidamente a la cubierta del barco cerrando despacio tras de sí la escotilla. Mark penetra a Aitana con la mirada, ella se la devuelve airada y con una sonrisa de suficiencia propia de aquella la que no le da miedo nada, ni siquiera morir.

Dos titanes callados, impasibles, como si tuvieran todo el tiempo del mundo, como si el que los demás puedan comentar diera igual y solo estuvieran ellos dos.

Mark, como siempre que se han visto a lo largo de estos años en las campañas de promoción de la regata, no ha pasado por alto la figura de Aitana. El color ligeramente tostado de su piel y sus ojos del color del mar, su sonrisa inocente y franca. Cada año está más guapa. De pecho voluminoso y caderas estrechas, le atrae irremediablemente. Además es más bien alta, le llega por el hombro y eso le gusta, no tener que agacharse para besar a la chica. De hecho, se siente irremediablemente atraído por sus labios carnosos y su cuerpo manda y se empieza acercar a ella.

Pero…, un momento, ¿por qué querría besarla? Por culpa de tener que rescatarla han perdido mucho tiempo y, además, tampoco era para tanto la tormenta. El barco perseguidor estaba a una milla y media y era cuestión de poco tiempo que la hubieran localizado y rescatado. En ese caso habrían aprovechado la ventaja que ahora no tienen, han tenido que poner el barco a pleno rendimiento para llegar primeros. Si quieren asegurarse la victoria van a tener que tomar algunas decisiones arriesgadas que Mark espera que valgan la pena. O ganar o quedar cuartos.

Aitana se marcha sin decirle nada y él se queda pensando.

Se puede decir que lleva más de media vida en el mar. Los primeros recuerdos que tiene son de cuando era pequeñito, subido en el barco de vela su abuelo. Sus padres decidiendo tener una vida convencional, empezaron comprando un piso en Bondi Beach, trabajaban muchas horas, y Mark se pasaba mucho tiempo al cuidado de su abuelo. Él tenía un barco de vela viejo en *Wharf Marina* y fue quien los convenció para que le apuntasen a clases de vela, ahí descubrió su vocación. Ir a la escuela era demasiado aburrido, pero estudiaba cuanto podía para que sus padres le prestaran algo de atención. Cuando se dio cuenta de que nada de lo que hiciera sería suficiente para sus padres, que no iban a las fiestas del colegio sino que, por el contrario, le exigían más y más sin darle cariño a cambio, decidió rebelarse. Pasó de ser el mejor expediente de la clase a hacer aquello que más le gustaba y en cuanto se descuidaban los profesores salía corriendo del colegio camino al puerto para subirse a un barco y navegar. A veces lo pillaba su abuelo, quien le hacía prometer que nunca más se escaparía de clase, pero pocas veces le hacía caso. Su abuelo era su cómplice, quien veía en su nieto a un niño solitario al que su hijo no merecía. Para el pequeño Mark sentir el viento y la espuma del mar chocando contra su cara era saborear la libertad. Tener el dominio de manejar su barco según quisiera que fuera a babor o a estribor. Todo era absolutamente adictivo para él. El día que no se subía a un barco estaba nervioso y más rebelde. Solamente en el mar se sentía él mismo. Por eso, por ponerle pasión, trabajo y esfuerzo, es el mejor capitán de la regata. Los equipos se lo rifan para que sea parte de su esquipo en la del siguiente año, pero él es fiel a su barco: Piratas del mar.

No le gusta ver a Bernard divirtiéndose tanto con Aitana.

—¿Todo bien?

Pregunta Aitana a Bernard, quien le contesta que sí y se marcha apresuradamente a hacer cualquier cosa que lo mantenga lejos de la vista de Mark. Ella se queda sola en cubierta viendo el mar en aparente calma. El capitán no puede menos que estar cerca de la polizona rescatada hace unas horas. No sabe que ella sigue asustada, pero que su instinto de supervivencia la obliga a mantenerse serena, ya tendrá tiempo para asimilar lo que ha pasado cuando llegue a tierra.

Se acerca a Aitana, que está sentada mirando al mar.

—¿Me puedo sentar?

—Es tu barco, yo no puedo decir que no lo hagas.

—Pero sí si te molesta que esté aquí —afirma.

—Tienes razón, en ese caso me marcho a otro lado. —Ella se levanta, apoyando las manos en el suelo. Cuando tiene las piernas dobladas…

—No te marches, por favor —pide Mark en un susurro.

—¿Por qué?

—Creo que hoy no hemos comenzado demasiado bien y me gustaría disculparme. —Aitana lo mira estupefacta, no le cree ni una palabra.

—El no haber empezado bien viene de más atrás —dice Aitana.

—¿A qué te refieres?

—¿Te acuerdas de hace unos meses, cuando grabamos la última promoción para esta competición? Cuando estabas con tu amigo en el camerino después de la sesión de fotos. Oísteis un ruido, ¿no es cierto?

—Sí.

—Pues fui yo, escuché como me criticabas. Que algo de mí no te convencía. Que creías que tras esa apariencia de amabilidad solo había fachada.

Mark comienza a comprender todo, la reacción de Aitana y su aparente animadversión. En absoluto piensa eso de ella, pero tenía sus razones para decirlo, razones que no piensa contarle por no ser este el momento adecuado. Le dijo a aquel hombre esas palabras que tanto le molestaron en realidad no para protegerle a él, sino a ella. El fotógrafo quería aprovecharse de ella, de su fama, y sintió la necesidad de escudarla de un tipo como aquel. Obviamente no lo pensaba

—No te voy a decir por qué dije lo que escuchaste, pero quiero que me creas: nunca he pensado eso de ti. De lo contrario en los otros años que hemos sido los dos imagen de la regata no me habría quedado contigo tomando una cerveza. Ni te habría hecho bailar para las fotos, ni me habría reído tanto contigo y mucho menos habríamos seguido hablando de vez en cuando por Instagram.

—Entonces ¿por qué lo dijiste?

—No insistas, Ait, por favor.

Esa frase, con el tono de un susurro lastimero, consigue que se le erice el vello. Le penetra en las entrañas y lo cree, no sabe por qué, pero lo hace. Resopla y vuelve a sentarse donde estaba, pero un poco más alejada de él, sigue molesta. A él esa concesión le parece suficiente en este momento. Le gusta su compañía desde que la vio por primera vez y ella le animó a relajarse en la primera sesión de fotos que hicieron cuatro años atrás. Desde el momento en que la conoció se ha sentido muy cómodo con ella. Por eso conectaron tan bien, porque se daban exactamente lo que necesitaban en ese momento: confianza. A Mark se le da muy bien hablar de temas superficiales, puede hablar y hablar durante horas de algo, no así cuando se trata de sentimientos o de rascar más allá de lo banal. Se siente vulnerable, tiene un gran mundo interior del que escapa surcando las olas a velocidad de vértigo. La adrenalina dispara su serotonina y el mar y estar cerca de Aitana consiguen ese mismo efecto.

—Me gustaría pedirte algo.

—Dime —responde él.

—Debería haber llegado hace horas a mi casa y mi familia debe estar preocupada. Supongo que habrá algún teléfono o algún medio para hacerles saber que estoy bien…

—Él se revuelve, se imaginaba que llegaría ese momento y tiene la respuesta preparada.

—Me encantaría, pero se estropeó el teléfono vía satélite. Llevamos desde el paso por el Estrecho de Magallanes sin comunicación exterior.

—¿Y cómo saben dónde estáis?

—Nos van siguiendo.

Aitana se queda callada y entonces él reflexiona, es cierto que los ha retrasado bastante, pero George tenía razón. Si no llegan a rescatarla no se habría sentido bien consigo mismo. Pero la victoria estaba tan cerca…, a tan solo una jornada, que lo cegó. Han sido nueve meses en el mar, navegando cuatro océanos, pasando por momentos durísimos en los que el barco estaba al límite del naufragio en los Cuarenta Rugientes entre la latitud cuarenta y cincuenta; u otros en los que no había ni un solo nudo de viento en los *doldrums*[5]... La travesía ha sido muy dura y ansía llegar a puerto en cabeza, porque está extenuado y necesita pisar tierra firme, poder moverse más allá de los escasos metros cuadrados de la embarcación. Aunque ello implique abandonar el lugar que ha sido su casa durante tanto tiempo: el barco. Muchos momentos de risas, de tensión y de miedo. Estar al límite de las fuerzas sin saber cómo vas a salir de la próxima ola, confiando en que los aparatos de medición no se equivoquen y que el barco resista, en tu instinto y en que con un golpe de mar no se vaya nadie al agua. Sobre todo en el mar del Sur. Una caída habría sido fatal.

«Aitana», se dice, «bonito nombre». Y esos labios jugosos y sonrosados son demasiado tentadores. Es muy atractiva y no quiere ver al moscardón de Bernard, ni a ningún otro, cerca de ella. Él es el capitán del Piratas del mar y por lo tanto el que manda, y si alguien no está de acuerdo tendrá que estrenar la lancha y acabar la regata antes de tiempo.

Horas después, el barco ya está a la altura de Tarragona. Apenas unas millas les deparan del destino final: Barcelona.

Bernard se embarcó en el Piratas del mar por admiración al gran Mark Cook. Lleva desde los catorce años soñando todos los años con ver la salida de la Spanish World Race desde Alicante y la llegada de la regata a Barcelona, y por eso para ello trabajó de todo. De camarero, de acomodador, friegaplatos, relaciones públicas, aunque sea muy tímido... Cualquier cosa bastaba para ver cerca a los barcos y

---

5 *Doldrums*: zona de calma ecuatorial donde coinciden los vientos alisios del hemisferio norte y sur. Es el lugar se pueden dar vientos muy suaves o inexistentes que pueden durar días, incluso semanas.

todo lo que los rodea. Este año, a los veinte, consiguió una plaza para ser el cocinero del barco y encargarse de la limpieza, por eso no dudó en colgar el delantal, meter cuatro cosas en una mochila y presentarse tres horas antes de la hora fijada en el puerto. ¿Cómo dormir cuando por fin su sueño se hacía realidad? Cuando vio por primera vez a Mark en persona no se lo podía creer, era su ídolo, pero en ese momento, como en casi todos los demás, estaba del mal humor y no se atrevió a hablarle.

George fue el primer profesor de vela de Mark. Lo conoce desde que apenas medía más de un metro y tenía la boca llena de agujeros porque los dientes de leche se le habían caído. Pero antes de eso George fue alumno de Owen, el abuelo de Mark, en la escuela. Entre George y Owen, aunque les separaban quince años de diferencia, siempre hubo muy buena relación, más de amigos que de profesor y alumno. Por eso cuando el viejo Owen le pidió ayuda con su nieto no lo dudó. Estuvo a punto de dejar que entrara Mark en su escuela sin hacerle una prueba, pero en el último momento se arrepintió, hubiera sido demasiado descarado. Mark resultó ser aún mejor navegante de lo que su abuelo le había hablado, el chico demostraba saber lo que hacía. Por eso entre George y aquel chavalín rubio, de ojos vivos, que se movía por el barco como un gato y que estaba tan solo se estableció una relación casi de padre e hijo, o abuelo y nieto. George juró a Owen en su lecho de muerte que cuidaría a Mark y eso era lo que había hecho desde entonces. Aunque en realidad no necesitaba haber ningún juramento, el chaval era especial. Él solo quería cariño y George, un tipo soltero y sin hijos, se vio a sí mismo reflejado en él. Depositó en él sus sueños, enseñándole a amar cada centímetro de eslora. Pero Mark ya era adulto, ya no lo necesitaba. O eso creía hasta hace unos meses, cuando el Gran Capitán, como lo llamaban en la regata, lo llamó; quería hablar con él en persona.

—*George, quiero que vengas conmigo. La condición que firmé con el equipo es que tú venías y ellos aceptaron, así que ahora no me puedes decir que no.*

—*Sí, pero lo hiciste sin consultarme. Tú ya no me necesitas, solo seré un lastre.*

—*Lo serás si no vienes. Mi éxito os lo debo a mi abuelo y a ti, sobre todo a ti.*

—*Estás en tu momento, Mark, puedes llevar a otro más joven y más hábil. Soy el demasiado viejo.*

—*Nadie tiene lo que tú, tu experiencia y tu sabiduría. Sabes leer el mar antes de que este piense en ponerse bravo.*

—*Me tienes demasiada estima.*

—*Menos de la que te mereces, George. Mi abuelo…*

—*Siempre estás utilizando a tu abuelo para conseguir todo.*

—*Pero sabes que tengo razón, le prometiste que me cuidarías y eso es lo que necesito que hagas.*

—*¿De qué estás hablando Mark?*

Miró a los ojos de su pupilo y entonces vio el miedo. No estaba dispuesto a hablar, pero su actitud había cambiado. No era solo un capitán en busca de cosechar más gloria, tenía los hombros caídos y unos arcos de color rojizo rodeándole los ojos. Se notaba que estaba agotado. No era normal que estuviera así a menos de una semana de empezar la regata en la que revalidaría su título. No quiso hablar en ese momento, Mark a veces era muy reservado, solo lo era con las cosas que le importaban de verdad. Lo conocía bien y sabía que en ese momento no le contaría nada, por lo que accedió.

—*Está bien, iré contigo, pero recuerda que siempre puedes contar conmigo. Para subir en un barco, para hablar o para lo que sea.*

—Lo sé, viejo George. —Esbozó una media sonrisa que no le llegó a los ojos y entonces el hombre mayor se dijo que estaría todo el tiempo pendiente de él.

Nunca había permitido que le pasara nada malo a Mark, pero ahora menos. Sabía que lo necesitaba. Levantó la vista y le dijo al cielo sin hablar: «una promesa es una promesa, Owen. Por nuestro chaval».

La situación de la clasificación sigue igual, el barco perseguidor —el Cascada— no ha conseguido recortar la distancia a Piratas del Mar, es más, ellos han conseguido ampliarla. La noche ha caído y es el momento de que Ron, James, Phil y Bernard se hagan cargo del barco. Para los demás es hora de descansar.

Aitana se ha quedado dormida en cubierta, después de cenar empezó a perder el hilo de la conversación para enterarse solo de pequeños retazos hasta, finalmente, caer en los brazos de Morfeo.

5
DÉJAME EN PAZ

AITANA

Los párpados me pesan toneladas. Alguien me está sacudiendo de manera lenta, pronunciando varias veces mi nombre.

—Mamá, déjame dormir.

—No entiendo lo que dices, Ait. —Siguen insistiendo hasta que abro los ojos, es Mark y parece que le he contestado en español—. Hace frío, te has quedado dormida. Vamos para dentro.

—Quiero quedarme un rato más aquí. —Me desperezo y tomo consciencia de dónde estoy.

—No puedes, te vas a poner enferma. —¿Ahora se preocupa por mí? Si hace unas horas estaba dispuesto a dejar que me hundiera en el mar.

Le hago caso a regañadientes. No puedo enfermarme cuando tengo que estar en plenas facultades para cuando este artefacto llegue a Barcelona. Me levanto y me ofrece su mano. No la cojo.

—Puedo sola, gracias.

—De nada. —Me mira con desdén. Entonces me doy cuenta de que me he pasado y reacciono.

—Perdona, tengo un mal despertar.

—Ya lo veo, Ait.

Me pongo en pie y una ola consigue desequilibrarme. No sé cómo, pero acaba con la mano de Mark en mi trasero y nuestros cuerpos pegados a la pared de la bañera, demasiado cerca. Un latigazo de energía me despierta de golpe. Me tiembla el cuerpo. A pesar de la negrura de la noche veo sus pupilas dilatarse y no soy capaz de reaccionar hasta que noto que su mano me lo masajea lentamente.

—El que me hayas rescatado hace unas horas no es excusa para que te creas con derecho a magrearme el culo.

—Ha sido para evitar que te dieras en la cabeza, no seas creída. Anda, vamos. —Me coge de la mano—. A ver si voy a tener que rescatarte otra vez más. —Me suelto de su agarre.

—Prefiero ahogarme en el mar antes de que me salves nuevamente.

—No te enfades, era una broma, muñeca.

Mi ira ha ido aumentando hasta alcanzar niveles estratosféricos en segundos. ¿Muñeca? ¿Cómo que muñeca? Parece que se cree con derecho de tratarme como quiera. ¡Esto es el colmo! Es una pesadilla de hombre. Machista y tocón. Machista por ese «muñeca» con el que me han dado ganas de hacerle tragar todos los dientes. Y tocón por darse el lujo de sobarme el culo a placer. ¿Qué se supone que es esto? ¿El precio que tengo que pagar por mi rescate?

Intento abrir la puerta, del casco, pero no soy capaz porque no entiendo el mecanismo. Me frustro.

—Déjame a mí —me dice y me aparto a regañadientes. No contesto.

Entro detrás de él con un enfado de mil demonios que se incrementa cuando veo que se sube de un salto a la litera y se tira tan pancho. He de reconocer —y prometo nunca decirlo en alto—, que al ver esos bíceps fuertes flexionados para después estirarse no he podido evitar fijarme, pero en mi defensa diré que ahora mismo no soy yo. Estoy con las defensas bajas. Salgo de la obnubilación cuando veo que se gira hacia su lado derecho, dándome la espalda, y me quedo plantada sin saber qué hacer. No recuerdo en qué cama me desperté esta mañana. Con la mirada que le estoy echando debe haber notado cómo le taladraban la nuca, así que se da la vuelta. Le miró interrogante, entiende el mensaje.

—Ait. —Hace unas horas me parecía de lo más sensual escuchar mi nombre pronunciado en sus labios, ahora me molesta mucho—. Súbete en esa litera, es la mía. No te he dicho nada porque pensé que me preguntarías.

—Vale.

La litera es como la que está tumbado él, está aproximadamente un metro setenta de altura, o sea, como yo, y es imposible que me suba con el estilo con el que lo ha hecho Mark. Veo que hay unos pequeños escalones en un lateral y trato de subirme con toda la elegancia que puedo, que es más bien nula. Al ponerme el pie en el primero de ellos, me piso el pantalón y caigo como un fardo encima de la cama superior. Me enfurezco conmigo misma. ¿Por qué tengo que ser tan torpe? ¿Por qué?

Contrariamente a lo que esperaba, Mark no se ríe.

—Tranquila, es normal que pase la primera vez. Déjame que te ayude.

Se baja de la cama de un salto. Como no soy capaz ni de bajarme ni de subirme y me he escurrido hacia abajo, ahora mi cabeza está a la altura de su bragueta. Levanto la vista y se empieza a reír.

—Aunque, pensándolo bien, tampoco estás en mala posición... —Le doy un puñetazo en la pierna—. Tranquila, muñeca, no me des tan fuerte, a ver si te vas a romper la mano.

Me ayuda. Ya más entera, recupero algo de mi dignidad que estaba por el suelo.

—Punto número uno, no soy una muñeca y no me rompo por nada. Punto número dos, no necesito tu ayuda. Si no puedo subirme a la estúpida litera, duermo abajo. Punto número tres, te ruego que me dejes el teléfono para avisar a mi familia de que estoy bien. Deben estar muy preocupados por mí. Punto número cuatro, no me gusta que me tomen como un objeto sexual ni nada parecido. No quiero que me masajees el culo y tampoco que hagas comentarios obscenos acerca de las posturas ni nada. Punto número cinco, odio a los machistas y tú está claro que eres uno de ellos. Y punto número seis, si crees que tu cuerpo atlético, tu cara perfecta y tu aspecto de modelo de perfume me afectan, te informo de que he visto muchos tipos como tú por la vida y no me impresionas, marinerito perdonavidas trasnochado, más bien me repeles. —Él, mientras ha escuchado con gesto divertido, ha ido contando con los dedos a la vez que iba hablando. Ahora me mira con los labios apretados, conteniendo una carcajada.

No me deja decir el punto número siete porque sus labios se pegan a los míos y me besa. Trato de apartarme, pero su cuerpo duro y atlético me empuja suavemente contra pared del barco y me veo arrinconada. Su beso es pasional, no pide permiso, pero a la vez es dulce y delicado. Sabe a sal. La cabeza me da vueltas y no sé lo que estoy haciendo hasta que me abraza fuertemente a él e intuyo en mi estómago lo duro que está. Esto es demasiado.

Un «plaf» resuena en el barco porque le he dado un tortazo.

Se masajea la cara y a mí me pica la mano, o sea que le he debido atizar bien. Se lo merece.

—Ait —trato de ignorar lo sensual que suena mi nombre en sus labios—, primero, aunque no lo creas, no soy un machista. Solo estaba intentando bromear contigo. Me gusta ver a las mujeres enfadadas porque sacáis el carácter fuerte, demostráis que valéis y os reafirmáis en vuestra condición de mujeres. Eso me pone, pero no para doblegarte, sino para amarte entre las sábanas tal y como eres. —Lo miro con suspicacia—. No me mires así porque es verdad. —A ver si se gana el beneficio de la duda—. Segundo, te repito que el teléfono está estropeado desde Argentina, cuando un fuerte temporal estuvo a punto de hundirnos el barco. Tercero, jamás he tratado a ninguna mujer como nada, y menos como un objeto, salvo si ambos estábamos interesados en ello. Perdona si me he pasado contigo, en estas escasas doce horas que nos quedan para llegar a puerto prometo que me comportaré como el hombre que soy. Aunque me pase lo de siempre, que cuando estamos cerca no puedo evitar sentirme atraído por ti y quizás —levanto una ceja—, me haya comportado como algo que no soy. Cuarto, no soy un marinerito, sino un gran capitán y a mucha honra. Y por último no soy un perdonavidas, te he salvado la vida, por lo tanto lo que soy es un salvavidas.

—Vale.

—¿Vale?

—Sí —digo.

—Mira, no sé por qué te doy tantas explicaciones si me da igual, tendrás que soportarme las siguientes doce horas de travesía, Ait. Ahora venga, te ayudo a subir a la litera, no quiero perder más tiempo con tus caídas.

—Puedo yo sola, gracias.

—No, no puedes.

Me coge de la cintura y flexiona los brazos para subirme a la cama superior. Me detiene justo antes de dejarme encima de la cama y me da un beso en la comisura de los labios. Me vuelvo a enfadar.

—¡Mark! —pataleo.

—Buenas noches para ti también, Ait.

Me tumbo en la cama de golpe y me tapo con el saco de dormir hasta la cabeza. No quiero verle. Me voy a dar la vuelta para ponerme de lado sin ser consciente de que la cama se mueve de un lado a otro y estoy a punto de caer, menos mal que él, desde la otra cama, agarra la mía y evita que me vaya al suelo. Me destapa la cabeza y veo sus ojos azules dilatados y su cara sonriente.

—¿No ves como soy tu salvador? —No le respondo. ¿Para qué? Es absurdo discutir con él. Me pasa unas cintas alrededor de los pies, por la cintura y también a la altura del pecho.

—¿Qué haces?

—Amarrarte para evitar que te caigas otra vez. Te he salvado dos veces, para la tercera puede que esté dormido, muñeca. —Disfruta con esta última palabra, la dice lenta y sensualmente.

—Entonces supongo que gracias, marinerito perdonavidas trasnochado.

—Trasnochar es lo que te voy a hacer una noche de estas —sisea para sí, pero le he entendido todo. Me digo a mí misma que mejor lo deje por imposible. No sirve de nada luchar contra él. Al fin y al cabo, como bien ha dicho, en doce horas le perderé de vista para siempre y se habrá acabado todo.

Una pequeña punzada se me clava en el pecho. ¿Acaso está siendo tan malo esto? Ahora que soy consciente de la forma en la que me aprietan las cuerdas llego a una conclusión: o alguien con su misma habilidad me ató anoche o lo hizo él.

Oigo ruido a mi alrededor, voces susurrantes y gente que sube y baja de literas. Como la noche anterior, me siento aprisionada, levanto ligeramente la cabeza y veo que sigo atada. En el fondo, le agradezco a Mark que me amarrase a la cama, porque si no lo hubiera hecho me habría caído. A unos pocos metros escucho su voz discutiendo, en susurros con alguien.

—Mark, sabes que me da mucho asco que te metas en mi saco de dormir y aun así lo has hecho.

—Pero, Phil, ya sabes porque ha sido. No podía dejar que Aitana durmiera en el suelo. Es mi deber…

—Sí, eso lo entiendo, pero no a costa de que tú durmieses en mi cama. No sé por qué te preocupas tanto por esa chica, ya la rescatamos. Cumplimos nuestro papel, fin. El que le hagamos sentir como una princesa no va en el deber de socorro.

—No seas tan gilipollas —me defiende—. Esta noche ha sido la última, en unas pocas horas estaremos en Barcelona y no vas a tener que dormir en el saco durante una buena temporada. Además, es la primera vez que lo he hecho en toda la travesía…

—Da igual, es que parece que nunca respetas lo que te digo y estoy harto.

Hago un ruido para interrumpir la discusión de los dos hombres. No me siento cómoda escuchando y odio ser el centro de una conversación que no iba a llevar a ningún lado bueno. Me alegra saber que Mark no es un capullo todo el tiempo y que ha dormido en la cama de al lado a pesar de que sabía que Phil se iba a quejar. Él desaparece y Mark se acerca mi saco. Le sonrío soñolienta, él me la devuelve el gesto y algo en mi interior revolotea.

He descansado bien. Estoy bastante recuperada del susto, deseando llegar a casa y ver a mi familia. No quiero pensar cuánto están sufriendo por mi culpa… y todo por haberme quedado dormida en el mar.

—Buenos días —digo mientras me tapo la boca, disimulando un bostezo.

—Buenos días, dormilona. ¿Has descansado bien?

—Sí. Alguien se ha levantado de buen humor —digo—. Si al final el marinerito perdonavidas trasnochado va a ser simpático y todo.

—Aunque no lo reconozcas, soy un encanto.

Me incorporo y me suelto la cinta de la cintura y de los pies para poder bajar. Tengo que estar horrible despeinada y oliendo a tigresa, perfecta para la foto de familia. Me bajo de la litera y esta vez, aunque Mark hace el amago de ayudarme, consigo bajar con tanta gracia, que pareciera que llevo un mes bajando de camas que están a un metro setenta de altura.

Veo que mi ropa está limpia y doblada encima de una mesa y decido que es el momento de quitarme las prendas que me quedan cinco tallas más grandes.

—¿Quieres desayunar con nosotros en cubierta? —pregunta George. El mismo hombre que me ayudó a saltar y dejar abandonada a La Niña en medio de la tormenta.

—Claro.

—Luego te podrás duchar, así estarás más a gusto tú sola y nadie te molestará —me dice Bernard mirando disimuladamente a Mark, que le devuelve una mirada irónica. Qué tierno es este chico, si me pillara con seis años menos le diría algo, pero es que es un yogurín… y yo soy más de quesos semicurados, más tipo Mark cuando está simpático.

—Las damas, primero. —Mark me abre la puerta. Seguro que es para mirarme el trasero. Si ya le voy calando, ya… Aunque, bueno, no seré yo quien inicie de nuevo una guerra, que es capaz de dejarme en la lancha que hay en cubierta y a remar.

El día está soleado por lo que no habrá problema de tormentas.

Hoy es un día especial en el barco, se nota que el final se acerca. Hay unos bollitos de mantequilla que parecen recién calentados y café con leche en polvo. Veo que en un congelador ya han puesto a enfriar varias botellas de champán con sus respectivas copas. Estoy sentada en la cubierta, con Bernard, Alex, Simon y George, disfrutando de un desayuno revitalizante. El barco sigue con rumbo norte.

—¿Cuántos nos falta para llegar a Barcelona?

—Unas cuatro horas y media —dice Mark mientras maneja el timón del Piratas del Mar—. ¿Me acercas un café? —Me levanto con cuidado de no caerme, cojo con una mano un vaso con bebida caliente y el bollito que tengo a medio comer con la otra, y voy hasta donde está. Rodeo el timón y me quedo a unos treinta centímetros de distancia del capitán—. Acércate más, Ait, que no llego.

—Pues claro que llegas, solo tienes que levantar el brazo.

—Debo tener las dos manos en el timón… —Me acerco un poco más y se come mi trozo de bollo.

—¿No querías café? —pregunto algo violenta, pero divertida con sus coqueteos.

—El café para después, primero tenía que comer algo sólido. —Me mira de arriba abajo y me guiña un ojo con un gesto que hace hervir mi centro de placer. El marinerito perdonavidas trasnochado es capaz de deshacerme por dentro—. Quédate un rato conmigo, hay muchos moscardones revoloteando por aquí.

—Estoy de acuerdo, el más gordo de todos lo tengo a mi lado.

—¿Qué me estás queriendo decir?

—Digo que desde que me viste no has hecho más que buscar llamar mi atención, pero lamento decirte que no me interesas.

—¿Tienes novio?

—No.

—Entonces no hay ningún problema —asevera.

—Eso lo tendré que decidir yo, ¿no crees?

—Te digo lo que va a pasar. —Me mira a los ojos e instintivamente me muerdo los labios—. Voy a seguir tonteando contigo un buen rato, te harás la estrecha el trayecto que falta hasta Barcelona, después no te podrás ir porque llegará la celebración, la foto de familia… en la que, por supuesto, saldrás porque además eres imagen de la competición y no creo que seas tan aburrida como para irte hasta que no acabe la fiesta. Después del protocolo seguiré tonteando contigo y tú te dejarás llevar. Así que, ¿por qué no nos dejamos de tanto remilgo, me besas y aceptas pasar conmigo toda la noche en la habitación del hotel viendo las estrellas? Prometo ser un buen amante y hacer que no te olvides jamás de lo que ocurra.

—Si hay algo de lo que huyo es de los hombres que se creen que con una caída de ojos las mujeres vamos a estar a sus pies y, por lo que veo, tú eres de esos. Para tu información, no me interesas, cariño —digo con desdén esta última palabra.

—Lástima, al rescatarte creí que iba a tener un final de fiesta muy interesante. Una gran decepción, muñeca.

—Lo superarás, créeme, y sino, pues lo siento.

Le pongo el café en la mano que ha soltado del timón y vuelvo con los demás, que están recogiendo los restos del desayuno. Les digo que lo dejen, que yo me encargo, y me hacen caso. Seré una polizona, pero no una vaga.

Recuerdo lo que me ha dicho Mark y me enfada a la vez que me gusta. Me siento irremediablemente atraída por él. Es muy contradictorio, a veces parece extrovertido, otras tímido, otras malhumorado, otras tierno… No sé qué Mark es si el real, el que aparenta seguridad todo el tiempo o el que se esconde tras algo parecido a la timidez. Es demasiado complicado para mi salud mental, una ecuación como mínimo de quinto grado y a mí nunca se me dieron bien las matemáticas.

Después de darme *la ducha del polaco* —mil perdones a las personas de aquel país por lo que voy a decir—, «culo, tetas y sobaco», me siento más a gusto. Salgo a cubierta y lo veo en su puesto, al mando del barco cogiendo la rueda del timón con las dos manos. Está concentrado y mira el horizonte. Su apariencia es profesional, muy alejada de la que se empeña en tratar de demostrar conmigo a ratos. Así parece hasta… ¿normal?

—Hola —le saludo.

—Ait. —Su actitud ha cambiado, ahora vuelve a ser el Mark profesional. Casi ni me ha mirado cuando me he acercado.

—Vengo en son de paz.

—Ya lo veo, traes mi ropa en las manos y no pareces una fierecilla.

—De eso quería hablarte. —Ignoro su último comentario—. ¿Dónde la dejo?

—Encima de mi saco.

—¿En el que he dormido yo?

—Ese es, no tengo otro.

Vuelvo hacia el interior del barco y hago lo propio. Su mirada me repasa, lo sé y lo compruebo cuando me giro. No puedo con este hombre… Pero tiene cierta gracia. Me desespera a la vez que me divierte.

Trato de no hacer ruido, ya que hay miembros de la tripulación descansando, pero Phil se despierta.

—Lo siento si te he despertado.

—No, no lo has hecho.

—Menos mal, lamento ser una molestia para vosotros tan al final de la regata. —Bajo la cabeza—. Sé que os he entorpecido y que, si no fuera por mí, puede que ya estuvierais en Barcelona.

—Hicimos lo que tocaba… Hoy rescatas a alguien y mañana pueden que te rescaten a ti. —Hace una pausa—. Somos hombres de mar, nos hemos enfrentado a muchos temporales a lo largo de nuestra vida y sabemos lo que se sufre cuando ves que tu barco se va a hundir y ya no sabes qué más hacer para mantenerlo a flote. Creo que ninguno de los que estamos aquí nos habríamos perdonado dejar a una persona en apuros a su suerte. Habría sido una canallada propia de unos sinvergüenzas que no se habrían merecido ganar nada.

—Gracias igualmente.

—¿Has avisado a tu familia ya?

—No te entiendo, pensaba que no teníais conexión con tierra.

—No podemos parar, pero sí podemos usar el teléfono vía satélite.

Mi cara describe lo que estoy pensando. Phil se da cuenta de que no lo sabía y yo me siento en el banco que tengo más cercano. Estoy furiosa. Mark me ha mentido otra vez. ¿Por qué? ¿Qué ganaba con ello? ¿Qué obtenía a cambio de mentirme y decir que no funcionaba? Mi familia debe estar muy preocupada, quizás incluso piensen que he muerto. Y yo aquí, fijándome en un cabrón desalmado como él. Pero no pienso darle la satisfacción de reprochárselo, seguro que se inventaría un cuento o me diría cualquier excusa ridícula que finalmente me creería. Tengo que mantenerme fuerte y segura de mí misma, hacer como que nada me afecta y ser yo misma la que se recomponga.

Soy una estúpida por haber vuelto a creer en él. Primero cuando me dijo que no había querido venir a rescatarme, porque la regata lo era todo para ellos, y que estaba seguro de que me habría rescatado el barco siguiente, pero que lo sentía mucho. Y ahora me diría de nuevo que era por el bien de la tripulación, que debería haber avisado a puerto o vete tú a saber qué.

—Lo siento, creí que Mark ya te había dado el teléfono. —Se levanta de un salto. Va en calzoncillos, así que miro para otro lado, es muy violenta esta situación—. Ven conmigo, llamarás ahora.

—Pensaba que estaba roto…

—No es por enfadarte más, pero el teléfono vía satélite es uno de los pocos cachivaches que jamás puede fallar. Está en la parte más segura del barco. Antes de que se estropeara estaríamos todos en el fondo del mar sirviendo de aperitivo para los tiburones. —Trata de ser gracioso, pero me estremezco. Pensar que una estructura como esta puede hundirse me hace entender lo frágil que es el ser humano ante las inclemencias del tiempo.

—Mejor que no se dé ese momento.

Nos acercamos al teléfono. Quiero llamar, pero en el último momento me arrepiento.

—Muchas gracias, Phil, pero ya no hace falta. Estamos llegando a tierra y si Mark no me lo ha dejado supongo que será por algo. Además, no quiero meterte en problemas.

—Como prefieras, si quieres llamar solo tienes que decírmelo.

—Gracias de nuevo. Me salgo, quiero ver la costa desde fuera.

—Vale, yo voy ahora.

Asiento sin contestar. Siento que me falta el aire, necesito respirar y pisar tierra, me estoy empezando a agobiar de estar aquí encerrada. El barco se me hace pequeño y las olas meciéndolo se me hacen una tortura. Parece que siempre estoy rodeada de mentiras, en mi trabajo, en mi familia, con Mark… Vale que él apenas puede categorizarse como conocido, pero cuando una persona te atrae al menos te gustaría confiar mínimamente en ella.

Cuando salgo casi toda la tripulación está en cubierta, barcos privados y de la organización se han acercado unas millas mar adentro para dar la bienvenida a los valientes marineros que han dado la vuelta al mundo en sus embarcaciones. Las bocinas dan una cariñosa bienvenida al Piratas del Mar, donde el champán está en la cubitera desde hace horas. Todos están eufóricos, por fin tras tantos meses, ahora sí que sí, ha llegado el final. Y yo me siento ajena a todo, pero cambio de actitud y me dejo llevar por su alegría, no quiero ser quien les fastidie el momento.

Soy consciente de la mirada de Mark, pero le he ignorado todo el tiempo. Él, en cambio, no se ha perdido detalle de cómo yo sonreía feliz por sus compañeros de viaje. He interactuado con todos menos con él, a pesar de no ser bienvenida, ahora todo parece da igual y con algunos he cogido confianza. Él, en cambio, está más anclado que nunca al timón. Suya es la responsabilidad de estar al mando durante todo el trayecto y más cuando se está recorriendo la última milla, en la que no sortear una boya o no ir por los lugares marcados por la organización supondría una penalización que les podría costar la regata.

Lo miro de reojo y nuestros ojos conectan inmediatamente. Me hace una señal para que vaya hasta él, pero lo ignoro. Me llama en voz alta, así que no tengo otra opción que acudir hasta donde está para evitar las miradas de los demás si se dan cuenta de que nos pasa algo.

—¿Sí? —pregunto cansada. Me molesta estar cerca un mentiroso compulsivo como él.

—Estamos entrando en el puerto.

—Ya lo sé, hay mucha gente esperándoos. ¿Qué quieres?

—Esto.

Tras cruzar la línea de meta, Mark suelta el timón, me coge de la nuca con una mano y con la otra me sujeta de la cintura, acercándome a él. Un segundo después noto sus labios pegados a los míos y su lengua entrado en mi boca sin pedir permiso. Estoy enfadada, pero a la vez muy excitada. Es un experto en la materia y la intensidad del beso nos sumerge en una gota en la que solamente estamos ambos. ¿Qué demonios nos pasa? Los gritos de jaleo de los demás, el baño en champán y el sonido de unos cohetes que dan la bienvenida al Piratas del Mar nos hacen salir del trance.

Le doy un empujón y una bofetada que le cruza la cara hacia el otro lado. Mark se lleva la mano al lugar donde le he pegado y con la otra me agarra de la muñeca. Iba a saltar del barco al pantalán, pero no me ha dejado.

—¿Se puede saber qué haces? —le recrimino.

—Salvarte otra vez de morir. Ya van dos, junto con la caída tres.

—Lo dicho, eres un marinerito perdonavidas trasnochado. ¿Qué me habría pasado? ¿Un arañazo? ¿Una herida en la pierna tal vez?

—¿Morir triturada te parece poco? —me cuestiona.

—¿Por qué me has besado?

—¿Quieres la versión romántica o la versión real?

—La real, por favor, estoy harta de que me mientas. —Me exaspero con él.

—El fin justifica los medios.

—Será para ti. Habla —exijo.

—Eres tan jodidamente atractiva que no puedo estar cerca de ti sin besarte.

—¿Esa qué versión es? La romántica o la real.

—Tú sabrás. Nos volveremos a ver, Ait. Muchas veces, más de las que ahora te gustaría, pero menos de las que desearás.

—Menuda amenaza. Como te atrevas a acosarme no vas a tener vida, ni dinero para pagar abogados.

—Contigo no me harán falta.

Salto al pantalán y me hago hueco entre la marabunta de periodistas que están arremolinados en torno al barco ganador. Salgo corriendo, no sé a dónde. Varios fotógrafos me siguen y desde la organización me interceptan. Es Montse, la mujer que organiza el evento.

—Aitana, pensábamos que no vendrías, ayer no cogiste el teléfono.

—Me perdí en medio del mar y el Piratas del Mar me rescató.

—¿Qué? Bueno, da igual. Ven conmigo, vamos la habitación que te tenemos reservada, que podré encontrarte ropa

—me dice tras repasarme de arriba abajo con cara de asco—. Las chicas del Cascada y el Corazón de acero están a un par de horas, tiempo justo para que te arregles y entregues el premio.

—Perfecto, pero antes necesito una cosa.

—Dime.

—¿Me dejas tu teléfono? Quiero llamar a casa.

—Por supuesto.

Busco un rincón donde haya menos gente, aunque no me voy muy lejos. Marco el número teléfono con dedos temblorosos y descuelgan al segundo tono. Oigo la voz de mi madre, la de Merche, y ya solo con el «¿sí?» que utiliza para descolgar me siento más aliviada.

—¿Mamá?

—Hija. ¿Eres tú? Dime por favor que eres tú.

—Sí, mamá, soy yo. No tengo mucho tiempo para hablar, pero estoy bien. Necesito que Sergio o tú vengáis a buscarme. A La Niña le falló el motor y me quedé a la deriva. Me rescató la tripulación de uno de los barcos de la Spanish World Race en vela, ya sabes, de la que soy imagen.

—Menos mal, hija. Qué alegría escuchar tu voz, no sabes lo mal que lo hemos pasado…

—Me lo imagino, mamá. Perdóname por darte este disgusto.

—No digas tonterías, no hay nada que perdonar, lo importante es que estés bien

—Sí, sí lo estoy. Voy a ir a una comisaría a poner una denuncia para poder tramitarlo todo, tarjetas, DNI, carnet de conducir…

—No hace falta, han encontrado el barco con todas tus cosas dentro. —Respiro aliviada. Me alegra saber que La

Niña ha resistido a la fuerza del mar. Oigo voces por detrás que no entiendo—. Sergio me dice que en media hora sale de casa para ir a buscarte a Barcelona.

—Gracias, mamá. —Oír su voz me crea un nudo en la garganta que me cuesta tragar y a duras penas contengo las lágrimas—. Te he echado de menos y ahora mismo me muero de ganas por abrazarte.

—Y yo también a ti, mi niña. Aviso a Ender también, ¿vale? Él puso un mensaje en redes sociales y está como loco buscándote.

—Gracias, mami. Una cosa más.

—Dime, cariño.

—Aunque no seas mi madre biológica y ella haya aparecido, tu sitio es insustituible, ¿vale? No tengas miedo, porque por mi parte no cambia nada. —Oigo los sollozos emocionados de mi madre y lloramos las dos de alegría.

—Lo sé, hija, y sabes que por la mía tampoco ha cambiado nada.

—Te quiero mucho —decimos las dos a la vez y ahora noto que se me ha levantado un gran peso de encima. Me siento más tranquila.

Con mi madre está todo bien, pero a mi padre le sigo guardando rencor por sus manipulaciones, aunque sus decisiones me hayan dado la mejor familia que podría tener. A pesar de lo vivido hace unas horas, sigo llena de rabia, porque creo que ha teledirigido mi vida y no tenía derecho a ello. Le devuelvo el teléfono a Montse y compruebo que Mark no se ha marchado, se ha quedado observándome desde lejos.

—Ait, ven conmigo —me pide cuando llega a mi lado.

—¿A dónde?

—No preguntes y ven.

—No, Mark, ya no estoy en el barco, ya no me puedes mandar.

—Ait, por favor, no seas obtusa. Tienes que venir conmigo, no puedes quedarte sola en la calle sin ningún lugar al que ir.

—Sí que tengo adonde ir.

—No, de ser así ya te habrías ido a casa de un amigo.

—Te equivocas. Sigo siendo la imagen de la regata. ¿Ves a esa mujer? Va a encargarse de llevarme a mi habitación de hotel y de buscarme ropa. Ya nadie más me verá el sujetador.

—Te tiene que ver un médico.

—Iré con ella.

Me suelto con brusquedad de su mano, ya que estábamos siendo el centro de atención. Montse me dice que con mis datos puedo recoger la tarjeta en recepción y subir a la habitación, que ya hablará con mi agente.

Antes de ir al hotel pregunto dónde está el médico que tienen preparada para los tripulantes de la Spanish World Race que necesiten cualquier revisión tras la llegada.

Me hacen una pequeña revisión y ven que estoy bien. El psicólogo me dice que estoy un poco conmocionada por lo vivido y que en algún momento es probable que las emociones se descontrolen, pero que es normal.

Cuando salgo, Mark está esperándome. No entiendo qué hace aquí. ¿Acaso no tiene más cosas que hacer?

—Otra vez tú.

—Sí.

—¿Y tu familia? —pregunto.

—Solo quería saber si estabas bien.

—Sí, lo estoy. Ahora ve a disfrutar de la victoria. Os lo habéis ganado.

—Gracias. —Se rasca la barba, distraído, y con voz insegura me pregunta—: ¿Hasta cuándo te quedas?

—Supongo que hasta después de cenar. Luego llegará mi hermano y nos iremos a casa. ¿Por qué?

—Nada, solo quería saberlo.

—Bueno, nos vemos luego —me despido.

—Hasta luego.

Él se va hacia un lado y yo hacia otro.

Me hospedo en el hotel W de Barcelona, un gran edificio de acero y cristal con forma de vela. No me había percatado de su espectacularidad hasta que he levantado la vista.

Subo a la habitación que me asignan. Fuera del armario hay un pantalón vaquero tobillero con un top de cuello bebé de manga corta y unas cuñas de esparto. Dentro hay unas preciosas sandalias de tacón plateadas con tiras enjoyadas, en un joyero unos pendientes medianos con forma de lágrima y un anillo a juego que me pruebo en el dedo índice de la mano derecha. También encuentro un bonito bolso pequeño plateado con flores negras de piedras de Swarovski y un vestido rojo ajustado con escote Bardot de largo hasta la rodilla, supongo que para la cena de esta noche. En una nota me indican que a las ocho vendrá una maquilladora y una peluquera a peinarme. Admiro la rapidez con la que han gestionado todo. Tengo que agradecérselo a Montse.

Una vez en la ducha me parece un milagro notar cómo el agua caliente desciende por mi cuerpo. Me siento en la bañera, dejando que los músculos se destensen, y comienzo a llorar sin ninguna explicación. Cuando me doy cuenta de que las emociones se comienzan a descontrolar, abro el grifo del agua fría para detener los pensamientos.

Cuando salgo, recibo una llamada de recepción, es mi agente, que me ha enviado un teléfono de urgencia.

Me dice que tengo que subir unas *stories* contando lo ocurrido y hacer fotos y vídeos del evento. Sí, mi vida está teledirigida cuando soy imagen de marca, pero a día de hoy es de lo que vivo. Me concentro seguir al pie de la letra lo que me dicen. No quiero estar sola, porque sé que me vendré abajo definitivamente cuando lo haga, por eso una vez que me he maquillado y me veo bien abandono la habitación.

Cuando salgo del hotel, que está junto al muelle, miro desde lejos a los miembros de la tripulación del Piratas del mar. Las caras de alegría por reencontrarse con la familia, los abrazos efusivos entre ellos por el trabajo bien hecho. Los lloros de los niños, que ven a sus padres y se agarran a sus cuellos sin querer soltarles. Sus papás, son solo de ellos. A Phil le ha cambiado la cara, literalmente. De estar tenso y hosco ha pasado a ser una sonrisa andante, con su pequeño en brazos, al que ha llenado de besos junto con su mujer. Es preciosa: rubísima, elegante y delgadísima. ¿Cómo es posible que se le haya quedado ese cuerpazo tan perfecto si el bebé no debe de tener más de tres meses?

Bernard está también con su familia y una chica que se sonroja cuando la mira. Qué bonitos son los dos. Ese chico desgarbado y un tanto temeroso parece que ha sido la única persona a la que le he importado. Si es gracias a alguien que estoy bien ha sido por él, por su dulzura.

Unos metros más allá está George. Está sacando cajas del barco y se las da a otro hombre, que las coge fuera. Una cadena humana las deja en otro punto del muelle. Mark está atendiendo a la prensa que le rodea un poco tímido. Observo que no le gusta ser el centro de atención.

Me siento ajena y a la vez partícipe de todo lo que veo. Es una soledad en medio de la multitud que me hace sentir extrañamente cómoda. Pareciera que soy invisible a todos, una intrusa que no molesta. Como un cuadro que está en la pared al que nadie mira, pero que decora.

Otro barco llega tras el Piratas del Mar. Apenas hace una hora que estamos aquí y ya han llegado. El barco es rosa, con el nombre en color blanco y otros colores chillones: naranja, verde, amarillo. Por megafonía anuncian que es la primera vez que un barco en el que toda la tripulación está compuesta por mujeres llega en una posición tan alta en una regata mixta. Me hago partícipe de su felicidad, las chicas gritan y sonrío a la vez que ellas por sororidad.

Desde los megáfonos siguen anunciando que el tercer barco está a punto de llegar, y que los otros tres barcos perseguidores no se espera que lleguen hasta dentro de unas seis horas. También hablan de la importancia que tiene esta regata a nivel mundial: es la más prestigiosa, la más dura y a la que solo van los mejores.

Hago unas cuantas *stories*, edito una foto y la subo a mis redes sociales.

Estoy buscando una sombra en la que refugiarme del calor sofocante cuando Mark, que parece tener un radar y poco que hacer, se acerca a mí con dos perritos calientes en una mano y un par de refrescos de cola en la otra.

—No puedes estar lejos de mí, por lo que veo.

—Supuse que tendrías hambre.

—Has acertado. —Se sienta a mi lado y ahora somos los dos los que observamos todo en silencio mientras comemos— ¿Y tu familia? —pregunto. El capitán coge aire por la nariz y lo expulsa sonoramente por la boca.

—No ha venido.

—¿Estás solo?

—Ahora no, estoy aquí contigo. —Miro su perfil y veo que mira a los demás y agacha la cabeza hasta dejar la vista en algún baldosín del suelo.

El gran capitán Mark Cook ha ganado la Spanish World Race y no hay nadie a su lado para compartir su alegría. Me da pena. Quiero saber más, pero sé que sería una pregunta inoportuna, no debe ser sencillo conseguir algo tan grande y que no haya nadie de los tuyos para compartir la alegría.

—Bueno, tengo a George —dice.

Desde este pequeño rincón, apartados, somos invisibles a los demás y lo agradezco. Sin embargo, esta impresión no dura mucho. Una de las mujeres del otro barco se acerca a Mark, que se levanta y la abraza con efusividad.

¿Quién es? ¿Por qué se abrazan como si llevaran meses deseándolo? ¿Por qué me tengo que hacer tantas preguntas cuando una chica, que bien podría pasar por la hermana gemela de Gisele Bündchen, se lo come con la mirada?

Miro hacia otro lado, la situación me es muy violenta y, aunque no lo hago, de lo que tengo ganas es de irme. Decido que quiero dejar de ser un mueble y me levanto, Mark se percata y me presenta.

—*Aitena*. —Ahora soy la deformación de mi nombre y no Ait. Siento una extraña desazón en la boca del estómago al oír mi nombre completo, pero incluso así suena bien en los labios de Mark—. Te presento a Anna, la capitana del Cascada. Han quedado segundas.

—Encantada —le digo. Anna me da la mano como si esto fuera una entrevista de trabajo.

Me centro en pensar que si al final Mark hubiera decidido no ir siguiendo las señales que lancé desde La Niña habría sido ella mi rescatadora, por lo que me trago el orgullo y pongo la mejor de mis sonrisas.

—Gracias. Eres la de las fotos, ¿no? O sea, la imagen de la regata.

Lo dice con un tono amargo, como si le estuviera quitando ese puesto a ella, y me siento muy incómoda. Tengo ganas de huir, pero Mark comienza a contarle cómo acabé formando parte literalmente de la regata y no nos deja irnos a ninguna de las dos.

—Lo importante es que estás bien y ya pasó todo—dice Anna con una sonrisa educada, tratando de cortar la conversación.

—Bueno, yo me voy, veo que me están buscando. —Finjo que alguien me necesita. Ya no aguanto más la tensión.

—Hasta luego, *Ait*.

Y esa última palabra es demasiado para mi cuerpo, me hace querer seguir escuchando su voz diciendo mi nombre en muchas situaciones. Aunque sea un mentiroso compulsivo, lo sé. Pero también tiene su lado tierno y está solo aquí... Bueno, ahora Anna lo acompaña, pero a ella la espera su familia y a él no. No debe ser fácil.

Busco a Montse, que me pide que no me aleje de ella .En breves minutos tendré que entregar la copa. Le hago caso y ella me integra en tantas conversaciones con unos y con otros que acabo por perder la cuenta. Me propone decir que el que me perdiera en el mar era realmente una estrategia, pero me parece de tan mal gusto que me enfado y así se lo hago saber. Es repugnante el solo hecho de que se le haya pasado por la cabeza y, además, ya he publicado las *stories* que me ha pedido.

Cada equipo sube a su escalón del podio de la mano mientras todos aplaudimos y silbamos. Me dejo llevar, a las chicas les aplauden más que a los terceros y con el Piratas del Mar estalla la alegría. Les entrego el galardón y Mark, como buen pulpo, me pega a él. Su pierna me roza la cadera y, aprovechando, el momento me estrecha contra él. A pesar de que lo intento, no me dan ganas de pegarle un tortazo ni nada, sino que quiero que siga haciéndolo. Está derribando el dique de mi amor propio. Si se comporta de esa forma tan contradictoria es porque se siente solo y porque es cierto que desde hace años entre nosotros hay cierta tensión sexual. Así estoy todo el tiempo cuando lo tengo cerca, debatiéndome entre salir corriendo o quedarme a su lado.

Casi sin darnos cuenta, la gente comienza a marcharse al hotel en el que han reservado habitaciones para todos los miembros de la organización, el equipo y familiares.

Me fijo en Mark, que incluso sucio por el champán y despeinado está guapo hasta decir basta. Creo que al final el marinerito tiene corazón.

—¿Estás enfadada? —me pregunta.

—No, ¿por qué?

—Porque estás muy seria y cuando sonríes estás aún más guapa de lo que ya eres.

—Y tú cuando duermes —bromeo.

—Sí, todo el mundo me lo dice, que parezco bueno.

—Ah, yo lo decía porque no abres la boca —digo en un tono demasiado serio para lo que pretendo.

—Qué mal carácter tienes, Ait.

—¿Yo? —Asiente con la cabeza—. Tú eres insufrible.

6
ME GUSTA DEMASIADO

Soy insufrible. Bien. Eso me gusta, provocarle alguna emoción que exprese más allá de su lenguaje no verbal. Su mirada maliciosa me divierte, porque creo que no es tan fiera como aparenta. Me gustan los retos y ella lo es. Cabezota: estuvo a punto de caerse al subir a mi saco en el barco. Inocente: se creyó lo de que no funcionaba el teléfono vía satélite. Reconozco que no debí mentirle, pero la estrategia de equipo siempre ha estado por encima de todo y de todos y, por nerviosos que estuvieran sus familiares, no me parecía motivo suficiente para poner en riesgo la victoria. Aunque debo confesar que los motivos que me llevaron a hacerlo no fueron únicamente deportivos.

Nos dirigimos hacia el ascensor, situado más allá de la recepción. He conseguido robarle la tarjeta de su habitación a Ait en un descuido, aunque sé de sobra cuál es. La tengo agarrada entre los dedos corazón e índice y la muevo delante de ella para que intente cogerla. Trata de hacerlo un par de veces, pero para en cuanto ve que nos mira medio vestíbulo. Me la guardo en el bolsillo del pantalón, muy cerca de la bragueta y me paro enfrente de la puerta metálica esperando que me haya seguido. La veo por el rabillo del ojo: está furiosa, ha quedado en evidencia. La gente entra y sale de los ascensores y me subo a uno de ellos. Aitana me imita y no pulso ningún botón. Ella tampoco, no se debe acordar de la planta en la que está su habitación. Pasamos por el piso primero, segundo, decimosexto, planta menos uno, planta menos dos, planta veinte, veintiuno, planta quince… No creo que se atreva a coger la tarjeta, es muy pudorosa.

—¿No vas a pulsar ningún botón? Creo que ya hemos pasado por esta planta varias veces —dice.

—No, ¿por qué iba a hacerlo?

—Mark, me he olvidado del número de la habitación y de la planta. Dame la tarjeta, no seas infantil.

—No seas orgullosa y pídemela por favor o, si te atreves, cógela del bolsillo de mi pantalón.

Se acerca a mí, levanta la barbilla y me mira desafiante. Noto el roce ligero de sus dedos al sacar la tarjeta de su sitio, tan cerca de esa zona que tanto me gustaría que me tocase, chupase, y con la que ojalá se divierta en algún momento de esta noche.

—Tienes razón, soy orgullosa. Y si tengo que meter la mano dentro del bolsillo de tu pantalón lo hago. No me intimidas, marinerito.

—Seré un marinerito, pero si estás viva es gracias a mí.

—¿Otra vez, Mark? ¡Qué pesado eres! Y no mientas, di la verdad, que estoy viva a pesar de ti, que no quisiste ir a rescatarme. Si no es por los demás estaría flotando en el agua y en el otro barrio.

—Ah, por los demás. ¿Eso crees? Qué poco sabes de la vida, Ait… Si yo te contara…

—Pues cuéntame.

—No merece la pena. Pero me llama la atención que antes era un marinerito perdonavidas trasnochado y ahora lo has dejado solo en marinerito. ¿En qué quedamos? ¿Por qué me pones tantos nombres si apenas me conoces?

—Siempre te he llamado igual. Y tengo imaginación porque soy artista, ¿recuerdas?

—Ya. —Repaso su cuerpo curvilíneo y bien definido con la mirada. Me pregunto qué sabrá hacer si tiene tanta imaginación como dice.

—¿Te quedas callado?

—Hemos llegado a tu planta y llevo un buen rato sujetando la puerta del ascensor para que no se cierre. ¿No te has dado cuenta? —pregunto. Mira hacia otro lado, disimulando, no se ha enterado de nada—¿Sabes lo que creo?

—No me interesa saberlo, gracias.

—Creo que en el fondo lo que quieres es que este marinerito perdonavidas trasnochado, recorra toda tu geografía y se sumerja en las profundidades de tu océano. —Se le dilatan las pupilas y deja de respirar—. Y he decir que me encantaría explorar tu cuerpo y descubrir los secretos que atesoran tus profundidades, pero si es lo que quieres vas a tener que pedírmelo.

—No sé cómo puedes decir eso teniendo novia. —Sé que se refiere a Anna y no la saco de su error.

—Si eso es lo que crees… Nos vemos, Ait.

Le doy al botón de cierre de puertas y desaparece de mi vista cuando se cierran. Sonrío ufano, le he dado en qué pensar, estoy seguro. Y ella a mí también. Me gusta enfadarla, besarla y tontear con ella. Me gusta demasiado.

AITANA

Tras una siesta de tres horas, me estiro en la cama y veo que el horizonte ya está oscuro. He dormido con las cortinas abiertas, aprovechando la luz cenital que ha conseguido calmar mi cuerpo y mecer mi sueño.

La conexión con Mark es mágica, me siento atraída y repelida por él a partes iguales. Siendo él mismo, contradictorio, atractivo. Sudoroso, sexi, engreído y tremendamente seductor. Odio que sea tan deseable.

¿La rubia y él están juntos? Me ha dado a entender de que no. Juraré no haber dicho esto…, pero estar cerca de él me descontrola. Me hace ser irracional, quiero tenerle cerca y que me preste atención, pero no me gusta que dé por sentado que estoy deseando que me salve todo el tiempo o que no me resulta indiferente. Es como si por ser guapo ya lo tuviera todo hecho y todas las mujeres tuvieran que caer rendidas a sus pies con una sonrisa ladeada. Y eso me cabrea. No es así, quiero demostrarle todo el tiempo que soy inmune a sus encantos, aunque, para mi desgracia…, no lo soy tanto.

Una llamada de recepción interrumpe mis pensamientos. Alguien quiere hablar conmigo. Estoy segura de que será mi hermano diciendo que baje, que ya está en Barcelona.

—¡Sergio! Por fin, ¿ya estás aquí?

—No, Aitana —me contesta—. Te llamo para avisarte que he tenido un pequeño accidente con el coche, pero estoy bien. En el hospital me han dicho que me van a dejar en observación hasta mañana por la mañana y que a primera hora me podré ir. Así que a eso de las doce o así iré a por ti.

—¿Qué tienes? ¿Lo saben papá y mamá? —Me siento muy mal. Si no me hubiera quedado dormida en el barco Sergio no habría tenido un accidente con el coche y no se habrían liado las cosas.

—Sí, tranquila, estoy bien. Solo me duele un poco el cuello. El golpe ha sido a muy poca velocidad. Voy a llamarlos, pero tranquila que estoy bien. Mañana al mediodía estaré en Barcelona y volverás a casa con mamá y conmigo, no te preocupes. Siento mucho que tengas que esperar más tiempo sola. Me imagino que tendrás muchas ganas de volver.

—No te preocupes, estoy bien. Al final y sin quererlo, he llegado de una manera más espectacular de la que esperaba. Hoy tenía que estar aquí.

—Tú, como siempre, siendo la estrella.

—Pero sabes que es sin querer —me defiendo un poco más brusca de lo que pretendo.

—Sí, sí. Era una broma.

—Sergio…

—¿Sí?

—¿Sabes que, aunque no seamos hermano ni de padre ni madre, y aunque ahora resulte que tengo otra familia, nada ni nadie podrá sustituirte?

—Más te vale, enana. Que después de llevar aguantándote más de veinte años, no va a venir nadie a fastidiarnos.

—Por supuesto que no.

—Bueno, ratona, cuelgo, ¿vale? Voy a llamar a mamá.

—Vale. ¡Oye!

—Dime.

—Que cuando estaba perdida en el mar a punto de morir me arrepentí de una cosa de decirte menos veces de las que te mereces que te quiero.

—Yo también a ti.

—Adiós, Gigi.

—Adiós, Tana.

El retraso de mi hermano implica indirectamente que continuaré viendo al marinerito perdonavidas trasnochado unas horas más. Me levanto de la cama y voy al baño a darme una ducha. Cuando salgo llaman a la puerta, pero antes de abrir me pongo un albornoz del hotel para cubrir mi cuerpo desnudo. Al otro de la puerta hay dos mujeres de unos cuarenta años con dos maletines grandes y negros con anillas metálicas.

—Hola, buenas tardes. ¿Eres Aitana?

—Sí, soy yo.

—Venimos para ayudarte con el pelo y el maquillaje. ¿Quieres también que te hagamos las uñas?

—¿Nos dará tiempo?

—Sí, no te preocupes.

—Disculpad el desorden, me he quedado dormida y os esperaba más tarde.

—Tú solo siéntate y déjate mimar —dice una de ellas.

Eso hago durante un rato. Cuando ya están acabando vuelven a llamar a la puerta. Me asomo y veo a otras dos mujeres parecen venir a arreglarme también. Me miro en el espejo y me veo bien. No sabía que necesitara tanto trabajo…

—Buenas noches, ¿es usted Aitana? Veníamos de la organización para arreglarla, pero ya veo que … Lamentamos la molestia, ha debido de ser un error. —Miro hacia atrás y pregunto a las mujeres que me han estado arreglando.

—Perdón, ¿quién os ha enviado?

—Mark Cook —afirman.

—¡El marinerito! —exclamo sin poder evitarlo. Se instaura un silencio incómodo entre nosotras—Disculpadme, no es culpa vuestra, solo que no lo esperaba.

—Lamentamos las molestias, pensábamos que el señor Cook te lo habría dicho.

—No, no os preocupéis, ya hablaré con él para agradecer el detalle, supongo. Y a ustedes… —Me dirijo a las mujeres que esperan al otro lado de la puerta —Muchas gracias, pero creo que ya estoy.

Cierro y me siento de nuevo en la silla mientras terminan de arreglarme. Me intento relajar, aunque no puedo evitar tener sentimientos encontrados. Por un lado me gustaría poder odiarlo, pero por otro se porta muy bien conmigo. O sea, que el vestido rojo lo ha encargado él. Me pregunto si la ropa que me puse antes también. Es como si me diera una de cal y dos de arena. O al revés.

La imagen que me devuelve el espejo me gusta. Me cuesta reconocer que con la melena ligeramente ondulada estoy elegante a la par que sexi. Mark parece haber dado en el clavo en cuanto a mis medidas. Debe ser por experiencia que y eso me crea una desazón en el estómago.

MARK

Estoy muy nervioso. Son las nueve de la noche y Aitana todavía no ha bajado al restaurante. Me asomo por encima de las cabezas, a ver si cada vez que se abre la puerta aparece. Se me encoge el estómago y contengo la respiración, pero nada, no es ella. George me cuenta las anécdotas que me ha contado miles de veces. Tantos meses en el mar y tantos años desde que nos conocemos es lo que tiene. Me sé todas las suyas y él las mías. De cuando en cuando viene algún compañero, jefe de equipo o armador que a felicitarme por haber acabado primeros. Yo lo agradezco y digo siempre lo mismo: «no es mi triunfo, es el del equipo».

Envidio a mis compañeros de regata. Todos tienen aquí a sus familias menos George y yo. Mis padres están más pendientes de discutir y fastidiarse entre ellos que de valorar lo que acabo de conseguir un año más, como siempre.

¿Qué razón tengo para estar así de nervioso? Ninguna.

Vale, estoy deseando que aparezca Ait. Espero que no me haga el feo de no venir. Me sentiría muy decepcionado porque ella es lo más parecido a alguien que me aprecie que tengo aquí, aunque me deteste a veces y tampoco nos conozcamos demasiado. Además, a pesar de que no es la razón fundamental, llevo muchos meses de abstinencia sexual. En el barco no hay mujeres con las que acostarse y apenas hay momentos de intimidad en los que solucionar con uno mismo el asunto que tenemos entre las piernas. Por eso, como es lógico en un hombre de mi edad muy activo sexualmente, pues… Y dado que entre Ait y yo hay mucha atracción, creo que es normal que tenga ciertas necesidades que esté deseando cumplir.

Y la puerta del salón se ha empeñado en seguir poniéndome nervioso, ella sigue sin aparecer . Miro la piscina a través de la cristalera situada a la izquierda de la puerta, y más allá a los barcos, que están subidos en el pantalán.

Vuelvo la atención a George, que está hablando con el jefe de equipo del Mareas Africanas quien le da varias palmadas en la espalda. Nos miro de reojo en un espejo que tenemos al lado y le pregunto a mi amigo si quiere hacerse una foto conmigo, rara vez nos vemos así de arreglados. Por respuesta recibo un codazo para que mire a la puerta. Veo a Aitana entrando en el salón y me quedo boquiabierto, está francamente preciosa. Es la mujer más guapa de la fiesta y la más bonita que recuerdo haber visto en mucho tiempo. El vestido se ajusta a su cuerpo como un guante, las joyas realzan su belleza y apenas han necesitado maquillarla o peinarla. Parece una diosa que ha bajado a la tierra para que la admiren los mortales.

Viene hacia nosotros y me pongo tan nervioso que los dedos se me convierten en mantequilla, provocando que se me caiga el móvil al suelo. Al levantar la vista repaso con la mirada sus piernas de abajo arriba. Su cintura, su pecho y, por último, su cara redonda y sus labios carnosos. Aitana sonríe y se me queda la boca seca. Tocado y hundido, esta mujer me gusta.

—Hola —me saluda con una sonrisa que me hunde en sus pupilas.

—Hola… —acierto a decir yo—. Cuando encargué un vestido no imaginé que fueras a estar tan guapa.

—Gracias, precisamente de eso tenemos que hablar. ¿Cómo lo hiciste?

—Trucos del marinerito perdonavidas trasnochado, ya sabes. —Le guiño un ojo y le da un trago a la copa de champán. George nos ha dejado solos.

—Si al final va a resultar que es majo y todo. —Sonríe.

—A mí me cae bien, la verdad, es un gran tipo. Alto, apuesto, con una bonita sonrisa, ganador… Un partidazo.

—Bueno, pues ya que es todo eso, a ver qué tal se le dan los discursos. Me fijé en que, cuando hablaba con la prensa, el marinerito perdonavidas trasnochado estaba un poco tímido —coquetea.

—La princesita perdida podría ayudarle y darle algunos trucos. —Sonríe de forma pícara. ¡Santo Dios, esta mujer me va a matar!

—Está bien, le daré una clase rápida.

—Por cierto, estás tan guapa que si fuera un hombre romántico de esos que os gustan a las mujeres te diría que no he visto una mujer más bella en mi vida. Pero, como debo conservar mi reputación, lo que te diré es que nos imagino en muchas situaciones y en ninguna de ellas llevaríamos ropa.

—Voy a fingir que no he oído lo último que acabas de decir —responde.

—No te enfades.

—Eres incorregible. Tú también estás diferente.

—¿Guapo? —pregunto.

—El gris del traje te favorece.

—No seas dura, anda…

—Está bien —se resigna—: estás muy atractivo, te sienta muy bien el traje, favorece el color dorado de tu piel y tus ojos color mar. El que te hayas afeitado no te resta atractivo y digamos que si quieres ligar no lo tendrás muy complicado.

—¿Contigo tampoco? —inquiero.

—No es conmigo con la que tienes que hacerlo, sino con la rubia.

—No me has contestado…

—Sí lo he hecho —replica y yo me rindo.

A partir de ahora, si quiere algo que sea ella la que venga detrás de mí. Yo ya le he dejado más que claras mis intenciones. No me gusta suplicar y tampoco creo que deba hacerlo.

—Bueno, ¿con el vestido me he ganado tu perdón?

—Sí, aunque soy un poco tozuda.

—¿Ah sí? ¿No me digas? No me había dado cuenta —Alza las cejas en un gesto burlón—. Pero te voy a confesar una cosa: me gusta que lo seas.

—Y a mí me gusta que a ti te guste.

—¿Amigos? —pregunto.

—Amigos.

—¿Te haces una foto conmigo? —le pido.

—¡Claro! —Apoya la mano en mi hombro y se acerca a mí, divertida.

—He encontrado un sitio genial para hacernos una, si te gustan los espejos.

—Solo si lo que reflejan es bonito…

—Pues lo que va a reflejar en unos instantes creo que estará a la altura de lo que quieres.

Sonreímos y hago una instantánea. Aitana se pone delante de mí y yo a su espalda, nuestros ojos conectan en el reflejo, le doy al botón de disparar varias veces y vamos cambiando de postura.

Después charlamos más tiempo los dos, un poco apartados frente a la cristalera que da a la piscina, tratando de pasar desapercibidos, pero sin que nadie crea que nos estamos ocultando. Aitana me da consejos para el discurso sobre cómo enfocarlo y qué decir. Hace varios años me aconsejó sobre cómo posar y gracias a ella y a lo que he ido aprendiendo me ha salido algún que otro contrato para alguna marca de ropa.

AITANA

La sala está decorada de manera muy elegante, con grandes lámparas de cristal colgando del techo, que contrasta con la decoración minimalista y los adornos clásicos de las mesas. Al fondo de la sala hay un pequeño atril con una pantalla de grandes dimensiones en las que se proyecta un vídeo resumen de los momentos más importantes de la regata. Desde el inicio, en varios fragmentos aparece Mark, así como otros miembros de los equipos. En un clip de vídeo aparecen los *doldrums* en los mares del sur, la dificultad para sortear las olas y los momentos finales con una pequeña vista de Barcelona a vista de dron. Tras el vídeo la gente aplaude.

La mesa que me ha tocado es la de los periodistas especializados de otros países en los que este tipo de eventos tiene más seguidores. En España la vela está vista como un deporte para ricos y por eso atrae menos público.

Mis compañeros de mesa se quejan un poco de que en este tipo de eventos se lleva más el *postureo* que el que la gente quede contenta. Pues no querría verlos en los Goya... Dicen que cuando terminen se van a ir al McDonald's a comer una hamburguesa, que estos son los entrantes. Me rio con ganas, creo que me voy a unir a ellos porque, aunque estoy acostumbrada a este tipo de comida, yo también me he quedado con hambre.

Tras los postres el director de la organización sale al escenario y da un discurso sobre la importancia de la Spanish World Race a nivel internacional y la velocidad de crecimiento de seguidores que está teniendo. Finalmente, llega el momento más esperado para los patrones de los barcos.

—Por su capacidad de dirección del equipo, por la limpieza en las maniobras y por demostrar que la vida de las personas es lo primero. A pesar de que su barco incumplió la norma de dejar a los rescatados en el puerto más cercano, y aunque con ello su barco tiene una penalización de cincuenta y dos minutos, el premio al mejor patrón es para un hombre que llegó hace varios años como un niño y lleva otros tantos demostrando ser el mejor y que le espera un gran futuro: Mark Cook.

Un sonoro aplauso y ruidos de mesas suenan desde las más cercanas al escenario y me vengo tan arriba que me pongo de pie con los dedos índice y corazón, silbando. Mark sube al escenario y le dan un trofeo de cristal en forma de prisma hexagonal con la base más ancha y una ola en la parte superior. Le da un abrazo al director de la regata y alza el premio con gesto triunfal. Los aplausos continúan.

Saca del bolsillo de la americana un folio doblado en cuatro.

—Quiero dar las gracias a la organización, por el esfuerzo y el trabajo bien hecho. —Su voz es nerviosa y le tiemblan las manos, se agarra al atril para no moverlas, como le he dicho que haga—. Por poner a nuestro alcance el poder recorrer el mundo haciendo lo que más amamos: navegar, y el ver los amaneceres y atardeceres más espectaculares del mundo. Una regata de estas características te enfrenta a lo mejor y a lo peor de ti mismo. A la capacidad de trabajar en equipo, pero también a no tener intimidad y echar de menos estar solo. La incertidumbre y el cansancio pasan a un segundo plano cuando por las noches en medio del océano todo está en calma y te enfrentas a tus miedos, a confiar en el de al lado. Ves pasar estrellas fugaces y entiendes lo pequeño e insignificante que eres y que el sentido de la vida no son momentos como este, de luz y de color, sino aquellos en los que puedes disfrutar de lo que tienes. Del instante de felicidad que es eso, solo un instante. Pedirles deseos de vez en cuando no está de más y que algunos pueden llegar a hacerse realidad. —Mira a su equipo—. Este premio se lo debo a ellos: a Ron, Bernard, Warren, Louis, Simon, Phil, Alex y George, sin ellos no habría sido posible, son los mejores.

Baja del escenario y el director de la competición prosigue:

—Ahora vamos a entregar el premio a la mejor mujer de la Spanish World Race. Por su valentía, por su fuerza y por su astucia, el galardón es para ¡Anna Rildoooolllfff! —Quien sube al escenario es la rubia perfecta que me miró mal, entre vítores quizás incluso más fuertes que los que han lanzado hasta ahora la mesa del Piratas del Mar. Sin embargo, la sororidad que hay dentro de mí hace que me alegre mucho por ella. Tras los dos besos y el ramo de flores, el premio se lo entrega un azafato impresionante, así da gusto que a una le alegren la vista.

A continuación reparten otros premios, como el mejor armador, la mejor dirección y el premio especial por toda su vida dedicada al mar. Por último, suben por orden el tercer puesto, el Mareas Africanas, el segundo, las mujeres del

Cascada y, finalmente, el Piratas del Mar. Los gritos de júbilo se escuchan en todo el salón.

Las manos me duelen de tanto aplaudir. Poco a poco cada miembro de la tripulación da las gracias a la organización, a su familia y a la gente que los ha apoyado. Incluso Warren, que es el más tímido de todos dice algo. De fondo suena *We Are the Champions*, de Queen, con la voz de Fredy Mercury, y una gran lluvia de confeti y globos cae sobre el escenario. Desde donde estoy aprecio lo pletóricos que están Mark y los demás, pero hay algo en el capitán que hace que no le llegue del todo la sonrisa a los ojos. Todos se abrazan, se dan codazos y bromean entre ellos.

Ahora es el director de equipo el que habla y el marinerito asiente a todo lo que dice su jefe. Me percato de que, disimuladamente, va moviéndose cada vez más a la derecha del escenario y a un segundo plano. Tarda pocos segundos más en bajar del escenario y rodear las mesas cerca de los ventanales que dan a la piscina. En mi mesa quedamos un par de periodistas y yo. Se acerca a mí y me susurra.

—Te espero en dos minutos en la recepción.

—¿A dónde vamos?

—A aprovechar nuestra última noche juntos.

Uno, dos, tres, cuatro… «Aitana, ¿qué vas a hacer? Tú aquí, divirtiéndote, y en tu casa todos con el drama de tu desaparición», me recrimino. Cinco, seis… «Bueno, ya no hay tanto drama, que has aparecido y saben que estás bien». Siete, ocho, nueve, diez. «Arrepiéntete de lo que haces y no de lo que dejaste de hacer». Oncedocetrececatorce, ciento veinte. Me levanto de la manera más discreta que me permiten mis nervios. Cuando voy a cerrar la puerta tras de mí un camarero me da el bolso que me he olvidado en la mesa. Bueno, pues quizás tan disimulada no he sido. Le doy las gracias y salgo apresuradamente.

—¿Dónde estabas? ¿Por qué has tardado tanto?

—Contando ciento veinte segundos para venir… —Mark mira el reloj.

—No los has tardado…

—Creo que no. ¿Entonces por qué estás tan nervioso? —pregunto.

—No lo sé, ¿y tú?

—Tampoco.

En cuanto nos alejamos del salón empieza mi tortura por lo atractivo que es. Se desabrocha la americana, se quita la corbata, que guarda en el bolsillo, y libera los dos botones superiores de la camisa. Su nuez, masculina y prominente, sale a relucir: tentadora. El traje gris, marcando cada músculo, lo convierte en irresistible. Cuando termina me agarra de la mano y sus dedos y los míos se entrelazan de manera natural. Mark da zancadas grandes y rápidas, me cuesta seguirle.

—Mark, los tacones —imploro para que vaya más despacio.

Se detiene de golpe y casi choco contra su espalda, se da la vuelta. Me agarra de la cintura y me abraza con fuerza. Tras unos segundos, me pasa el brazo sobre los hombros y, caminando más despacio veo que en vez de al McDonald's, como mi estómago suplica, vamos hacia otro lado. Caminamos en dirección al muelle, en concreto al pantalán donde están los barcos de la regata. El cielo es estrellado, la luna parece sonreírnos, cómplice de nuestra huida furtiva. Dejamos atrás las luces de Barcelona y en la semioscuridad del puerto todo parece posible, incluso que Mark y yo nos llevemos bien. Nos agachamos cuando pasamos cerca del ventanal que da al restaurante.

Una farola me permite ver cómo se le estrecha el pantalón en las nalgas cuando sube al Piratas del Mar y siento una ráfaga de calor ascender por mi cuerpo desde el punto que se me unen las piernas, subiendo hasta mis senos, y la garganta se me seca.

—¿Este es tu plan de esta noche, volver al barco? —consigue decir la única neurona viva que me queda—. Pensaba que echabas de menos estar en tierra firme.

—Tengo una relación especial con él. ¿Subes?

—Vale, pero primero me quitaré los tacones.

—No hace falta, te ayudo a subir.

—Me voy a caer…

Sin esperarlo, baja del barco de un salto, me mira a los ojos, me agarra de las caderas con firmeza y me sube sinuosamente hasta el borde. Mientras mis piernas, fruto de la anticipación, no pueden evitar patalear, deseando que lo haga más rápido. Siento un tirón más debajo de mi vientre cuando pasa esa zona por en frente de su cara. Sé, que no es porque le cueste, sino que lo hace a propósito. Una vez estoy arriba, sube de un rápido movimiento y me ayuda a ponerme de pie.

—Te he traído aquí porque sé que no me he portado muy bien contigo y quería disculparme. Así que ¿por qué no olvidamos el pasado, nos presentamos de nuevo y empezamos de cero? —En unos pocos pasos está en la rueda, simulando que la mueve. Rio al ver que se mete tanto en el papel que camina de un lado a otro y finge ponerse un catalejo, estirando los dos brazos.

—Pero, Mark, tú yo ya nos conocíamos…

—Da igual, déjame meterme en el papel. Hola, soy Mark Cook, capitán del Piratas del Mar. Vamos primeros en la clasificación de la vuelta al mundo a vela y nos dirigimos a Barcelona. Al ver las señales luminiscentes hemos venido a rescatarla, señorita, no queríamos que la pasara nada malo.

—Le sigo el juego.

—Encantada, capitán, gracias por rescatarme. Mi barco está a punto de hundirse y no sé cómo arreglar el problema. No quiero ser una molestia para ustedes, por eso me ofrezco a ayudarles en todo lo que necesiten.

—De acuerdo, polizona, pero la primera orden es que no piense que soy un marinerito salvavidas trasnochado.

—¡Eso no estaba en el guion, Mark!

—Bueno, es nuestra escena, ¿no? Improvisemos.

—No pienso que usted sea un marinerito salvavidas trasnochado, sino un capitán de un gran navío que ha surcado todos los grandes mares, que ha pasado por mil batallas…

—Así es, grumete. Soy un hombre aguerrido, hecho del acero de los barcos y de la sal que los oxida. Pero me gusta tu actitud, señorita, creo que nos vamos a llevar muy bien.

—Yo también lo creo, capitán. —Hago una reverencia ridícula.

—Veo que eres obediente y de buen parecer, así me gusta. En el mar hay que ser disciplinado.

—Pues me complace comunicarle que soy la disciplina en persona.

Tras el teatrillo, nos miramos intensamente y algo cambia entre nosotros. No sabría decir exactamente el qué, pero siento que en realidad es como si nos volviéramos a conocer. Él detrás de la rueda y yo a unos pocos pasos de distancia. La luz de una farola le ilumina parcialmente, como si estuviera encima del escenario en un teatro. El color de sus ojos ahora ocultos por la oscuridad, no es menos atractivo, y su sonrisa es brillante. Un hombre guapo y con traje a los mandos de un barco, ¿puede haber algo más sexi?

Tengo motivos para estar enfadada con él, pero ahora mismo no puedo, solo soy capaz de disfrutar de este momento que se prolonga robándole tiempo al tiempo. No deberíamos estar aquí, sino en la fiesta, él disfrutando y yo aburriéndome por contrato en cualquier esquina, fingiendo que me divierto.

—Ven conmigo —me pide.

Se dirige hacia a mí, me agarra de la mano y vigila que no me caiga, llevo los tacones en la otra. Qué cosquilleo, qué momento tan perfecto es este mientras andamos por la cubierta del barco. Si existe Dios, Alá o quien sea, que pare unos minutos el tiempo, porque llevaba años sin sentirme así de bien. En realidad, no recuerdo cuando me he sentido así de en paz con nadie. Cuando llegamos al mástil se sienta y me pide que lo haga a su lado. La vista no es nada especial, solo los barcos que están en el pantalán y otros más allá que están atracados, pero el rumor de las olas me da calma. Se me eriza la piel por el frío y se da cuenta. Se le tensa la camisa al deslizarse por los brazos la chaqueta y me la pone encima de los hombros. Me pasa un brazo por detrás de la espalda e, instintivamente, apoyo la cabeza en su cuello, que parece ser el punto exacto donde estar cómoda. Huele tan bien. A sal, a mar, a perfume masculino.

—Nunca hemos hablado de nuestras vidas. ¿Cuándo empezaste a navegar? —le pregunto.

—¿No quieres saber antes por qué no quise inicialmente rescatarte y luego avisar a tu familia?

—Sí, pero supongo que es mejor empezar por el principio. Recuerda que, en teoría, acabamos de conocernos.

—Ait, antes de todo eso quiero contártelo, es importante para mí.

—Te escucho.

—Me pudo la presión. Llevo toda mi vida preparándome para esta regata y a tan solo un día del final, mi obsesión era llegar los primeros. El barco de Anna estaba muy cerca y ella es una excelente capitana. —Que la mencione me afecta cuando no debería ser así.

—Lo sé, las chicas llegaron casi a la vez que vosotros.

—Por eso… Y es que este año la regata ha sido especialmente dura. Nos ha pasado de todo, no te lo cuento para no aburrirte, pero es un milagro haber acabado primeros. En cuanto a la llamada, te mentí para pasar más tiempo contigo. Estábamos a pocas horas de llegar a puerto, sabía que tú este año también eras la madrina del evento y, como te decía, si te dejábamos en tierra o nos obligaba la organización a hacerlo íbamos a perder el trofeo. No pensé en lo demás, la verdad. Puede que el motivo fuera egoísta y lamento mucho el daño que le he podido ocasionar a tu familia, pero te mentiría si te dijera que no volvería a hacerlo.

Agacha la cabeza y le pido que levante la barbilla para averiguar si miente o no. Dicen que los ojos son el espejo del alma y los de él destilan verdad, porque, por muy buen actor que seas, yo siempre noto algo diferente cuando interpreto y cuando no. En su mirada veo emoción y más sentimientos que no soy capaz de averiguar.

—Gracias por tu sinceridad, Mark.

—¿Me perdonas? —Por respuesta le doy un beso en la mejilla.

—¿Eso es un sí? —Le vuelvo a dar otro en el mismo sitio. Como veo que no es suficiente le sonrío y le guiño un ojo.

—No me guiñes el ojo, que me enamoro.

—No me mires así, que parece que no vas a olvidarte de mí en el siguiente puerto —bromeo.

—Estoy seguro de que no lo haré. Eres demasiado bonita como para hacerlo, Ait.

—Ahora quien corre el riesgo de enamorarse soy yo.

—Tocado y hundido.

Para cortar la tensión del momento, empiezo a tararear una canción que se oye desde el hotel y bailamos, *Madame Ayahuasca*, de Taburete.

Aún no he asimilado
Si lo que siento es placer o morbo
O solo es amor
Intuyo que a ti también te pasa
Lo veo en tus ojos ardientes, vidriosos de ron

Y ahora es momento de disfrutar
De vivir y de volar
De saludar por la calle
De preguntar dónde vas
Para decir que me tienes
donde quieras estar
Que si quieres un consejo
No te lo voy a dar
Tú vente conmigo, niña[6]

—Por cierto, ¿cómo lo hiciste?

—¿El qué?

—Mark, no soy tonta…

—¡Ah! ¿Te refieres a la ropa de esta mañana, el vestido y los zapatos que llevas puestos, la maquilladora y la peluquera?

—Sí, y los pendientes… Y a todo.

---

6 *Madame Ayahuasca*, de Taburete. Sello discográfico: Voltereta. Fecha de lanzamiento14 de Septiembre de 2018

—Muy fácil. Desde el barco en un momento en el que no me mirabas, cosa que hacías constantemente —pongo los ojos en blanco, sé que lo está diciendo para despistarme y rebajar la intensidad del momento— llamé y como sabía donde estaríamos alojados pedí que te compraran ropa. Vi en la que te dejé doblada tu talla de pantalón, las zapatillas y camiseta. Con un día de por medio dio tiempo a que comprasen todo, no fue difícil.

—Bueno, pues, en ese caso, muchas gracias. Ahora mismo no tengo dinero, pero quiero devolvértelo.

—No es necesario, tómalo como una compensación justa por todo lo demás.

—Bueno, también me salvaste la vida…

—Ait, olvídalo y déjame hacerte el regalo.

—Gracias.

—De nada.

Nos deslizamos por el mástil y seguimos un rato más tumbados, viendo las estrellas. Apenas se ven por la contaminación lumínica, pero agradezco este momento de tregua a su lado.

—¿Vamos ya a la fiesta del hotel? —pregunto.

—Si tú quieres… —dice sin moverse. Me levanto.

—Deberías ir, lo que habéis conseguido es muy importante.

—Se suele dar demasiada importancia a los momentos frívolos, a las luces y el color, y poca a momentos como estos, en los que no se necesita nada más que disfrutar de la compañía. —Me encanta escuchar sus palabras. A mí tampoco me apetece ir, me quiero quedar, pero soy racional.

—Mark, sabes que tienes que estar. Te echarán de menos y pensarán lo peor de ti.

—¿Qué más da lo que opinen?

—Los demás nada, tú sí. Por experiencia propia, tienes que estar.

—Vale, pero necesito un incentivo.

Se refiere a un beso. No dudo y tomo la iniciativa. Le rodeo el cuello con los brazos, él me agarra la cintura con las manos y lentamente me acerco a su boca sin perder el contacto con sus ojos. Me tiembla el cuerpo por entero y el tacto de la yema de sus dedos sobre mi espalda desnuda desprende un calor abrasadoramente dulce. Tras este beso lo voy a echar de menos. Mucho, quizá demasiado, el resto de mi vida. Pero es como si su cuerpo y el mío fueran dos imanes que desean pegarse el uno al otro.

El contacto esta vez es muy diferente al de todas las demás. Es un beso buscado y anhelado en el que yo he tomado la iniciativa; no habrá bofetones, ni pataleos. Somos solo dos bocas que se juntan y lenguas que se empeñan en danzar la una con la otra. Me abraza hasta pegarme mucho más a él y noto la dureza de cada centímetro de su piel. Nuestro gemido es de desesperación por lo que no va a ser, por ese futuro inexistente. Porque estos segundos acabarán en cuanto rompamos este momento y eso, la fugacidad del ahora, hace que sea el beso más sentido que recuerdo haber dado en mi vida.

7
MAGIA

Nos separo, me ha parecido escuchar un ruido y estamos solos, de noche puede ser peligroso y no quiero que nada lo estropee. Volvemos al hotel agarrados de la mano. No quiero soltarla. Llamamos al ascensor, que nos deja en la planta treinta del hotel, directamente en la fiesta. La música y una azafata nos dan la bienvenida. Nos tienden una pulsera que nos acredita para la barra libre. Ait coge la suya para ponérsela.

—Déjame a mí. —Se la quito de las manos y acaricio sus dedos, suaves y finos.

—No, deja que te la ponga yo primero.

Al final nos liamos y acabamos con las manos unidas por las pulseras. Reímos.

—Esto es una señal —digo.

—Sí, de que somos muy torpes.

—Ahora ya no podemos separarnos en toda la noche. Si quieres ir al baño tendré que acompañarte.

—Podemos pedir otras —rebate.

—No, déjalo. Así no puedes escapar de mí.

—¿Temes que lo haga, marinerito? —pregunta.

—¿Quién sabe? Las sirenas sois escurridizas y es complicado pescar una. Tienes una cosa en el pelo.

Acerco la mano a su pelo y aprovecho que hay un camarero justo detrás de ella repartiendo rosas para coger una y dársela.

—Aunque es un truco algo antiguo y previsible, reconozco que no me lo esperaba. Bien hecho, marinerito.

—También soy mago en mis ratos libres. ¿Quieres que te lo demuestre? —Se ríe.

—¡Mark!

—¿En qué estabas pensando, malpensada? —Me hago el inocente.

—En tu varita. —Señala mi entrepierna de manera disimulada y se lleva la mano a la boca divertida.

—No llames varita a esto. Esto es un ancla de verdad, un… Has hundido mi orgullo y lo has arrastrado por el fondo, pisoteado y vuelto a arrastrar. Esto no te lo voy a perdonar, sirena de tierra firme.

—¡Exagerado! Anda, vamos a pedir algo. Esposados, eso sí.

Por el camino nos intercepta Stuart Mackenzie, el director de equipo del Corazones de Hierro. No quiero que me vean hablando demasiado con él, no es muy dado a respetar las normas y no cae bien, a mí tampoco. Me felicita por el triunfo e intercambiamos unas cuantas frases por cortesía. Me dice que quiere hablar conmigo en privado, tiene algo importante que proponerme, pero le contesto que no ahora no puedo, que hemos venido a disfrutar de la fiesta para quitármelo de encima.

—Mark, parece mentira que todavía no sepas que a estas fiestas se viene a hacer negocios, no a celebrar nada. Te llamo mañana a las doce, espero poder hablar contigo. Disfrutad de la noche, chicos. —Se me revuelve el estómago, como siempre que estoy cerca de él.

Solos otra vez, intento agarrar a Aitana de la cintura con la mano que llevo suelta para que bailemos. La música nos envuelve, nos vamos acercando el uno al otro y separando al ritmo de la música. Me parece aún más hermosa cuando se acerca y nos acariciamos con o sin intención; nos sonreímos y me hormiguea el cuerpo.

Vienen los chicos del Piratas del Mar y Aitana pasa a ser el centro de atención. Es muy guapa y se los ha ganado a todos. Incluso a Phil, que es el más escéptico de todos. Hemos hecho bien en volver a la fiesta, es cierto que tenía que estar aquí, si no me habría arrepentido. Todos estamos muchos más tranquilos, hemos podido estar con la gente a la que queremos y se nota. Nada tienen que ver las sonrisas y bromas de ahora con las de hace algunos días, cruzando océanos en los que, como es lógico, hubo momentos de cierta tensión. Nos hemos relajado y volvemos a ser el grupo cohesionado del primer día que nos subimos en el Piratas del Mar. Más risas y bromas y Aitana y yo seguimos unidos por nuestras muñecas.

Se nos queda la garganta seca, al final la tontería de la pulsera se ha convertido en un juego tonto más. La agarro de la mano, entrelazando nuestros dedos como un gesto natural, ella trata de zafarse.

—Mark…

—No estoy haciendo nada malo…

—No es adecuado…

—Hemos quedado en que no tenemos ninguno de los dos pareja, así que no hacemos nada a nadie —digo.

—Supongo que tienes razón —resopla.

—Relájate y pásatelo bien. No pienses en nada, el mañana no existe todavía.

—Es que no quiero que nadie piense... —dice preocupada.

—Shhh… —le pongo los dedos sobre los labios, ella mira mi mano y después a mí— ¿Qué más dan los demás? Que te agarre de la mano solo es cosa nuestra.

—Me siento un poco incómoda estando todo el tiempo unidos. —Soy consciente de que es más por el qué dirán que por lo demás.

—Cinco minutos más y nos soltamos.

—Pero solo cinco —advierte.

—Hecho.

Al ver a Anna venir hacia nosotros, noto cómo Aitana se tensa. Le acaricio la mano que tenemos .

—No estés nerviosa, si la conocieras verías que es una gran persona —le susurro al oído.

—Intuyo que no le caigo nada bien.

—Es muy seria al principio, pero tranquila, todo va a ir bien.

—¡Enhorabuena, Anna! A ver si el año que viene ganáis a los chicos —dice Ait simpática.

—Eso haremos, no lo dudes —la corta mi compañera con voz beoda y poco amistosa. La mira con desdén.

—Será si yo os dejo, no os lo vamos a poner fácil. —Trato de relajar el ambiente.

—Pues nada nuevo, vosotros siempre nos ponéis las cosas difíciles, pero no os daremos opción. Tu vestido es muy bonito, Aitana. ¿Quién te lo ha regalado, Mark? ¿O ya lo llevabas cuando se paró el motor de tu barco? —Ait deja de sonreír. Intenta contestar, pero Anna sigue ametrallando con lengua venenosa—. ¿No te da vergüenza colarte en una fiesta a la que no estás invitada? —le pregunta.

—En realidad, sí estaba invitada y, además, aunque no lo hubiera estado, nadie me ha impedido entrar.

—¿Ese es tu truco? —inquiere.

—No entiendo de qué me hablas.

—Sí lo entiendes, pero no lo vas a reconocer.

—Mira… yo me largo. —Aitana se zafa de las pulseras y marcha deprisa. Mi impulso es ir tras ella, pero Anna me detiene acercándose mucho. En el último segundo consigo evitar un beso suyo.

—¿Qué haces, Anna? ¿Qué pretendes?

—La última vez que nos vimos me dijiste que retomaríamos lo nuestro.

—No, Anna, te dije que necesitábamos un tiempo, y ahora no quiero estar contigo. Prefiero estar solo.

—Es por ella, ¿no?

—Es por mí.

AITANA

Me escabullo en cuanto puedo. El enfrentamiento con Anna ha sido de lo más desagradable. Pero ¿qué culpa tengo yo? Si, además, hasta ahora he sido maja con ella.

¿Y Mark? ¿A qué esperaba para reaccionar? Su amiga me ha atacado y él se ha quedado callado. No gano nada con los enfrentamientos, por lo que intento relajar la tensión acercándome a la barra y a por una copa bien cargada de lo que sea. Me piden que enseñe la pulsera y veo que no la llevo. La rompí. Le ruego al camarero que espere un segundo y vuelvo a la entrada, donde está la chica de antes dando las pulseras a quienes se acreditan. Le pido una y me la da. Vuelvo a la barra y me bebo un vaso de ginebra con Sprite de fresa de un trago.

Trato de calmar los nervios, la estupidez de la bromita con el marinero ha ido demasiado lejos. Pero, aunque solo sea por no darle el gusto a la bicha, bebo un gran trago de la segunda copa y bailo como si me lo estuviera pasando bien. Cuando el líquido rosáceo no ha desaparecido de la copa me pido otra que lleva el mismo camino. Más tranquila ya, decido buscar a Montse: un puerto seguro en este mar de confusión.

Aún así, a Mark, decencia le falta un rato. Sé que no somos nada, pero no hará una hora que estábamos en la cubierta de su barco viendo las estrellas y besándonos y ahora está con Anna, no sé si hablando o discutiendo o vete tú a saber qué. El caso es que no ha venido detrás de mí, como siempre hace. Está claro que tanta falta no le hacía. En ese momento veo cómo busca a alguien con la mirada. Creo que es a mí, así que trato de escabullirme saliendo de la fiesta. Me subo en el ascensor, aunque no estoy muy segura de adónde voy y cuando reacciono me encuentro de nuevo en el puerto, con la boca de Mark a escasos centímetros de mi nariz.

—¿Qué haces? Pensaba que estabas entretenido con Anna.

—Mis pies han decidido seguirte.

—Tus pies —afirmo escéptica.

—Sí. —Espero que me diga algo más, pero no continúa.
—No sé qué rollo te traes con Anna, y no es algo que me incumba, pero creo que tengo derecho a sentirme molesta si llevas desde que pisé tu barco tratando de ligar conmigo —digo sin dejarle hablar, con las palabras apelotonándose en mi boca por querer salir las primeras—. Me das un beso la noche que llegué, otro cuando llegamos a puerto y otro hace apenas… —Lo cojo de la muñeca e intento ver la hora en su reloj de pulsera, pero no acierto enfocar las agujas, algo perjudicada por el alcohol—. Bueno, da igual cuánto. Como decía, Anna se lanza y no haces ni el más mínimo intento de apartarte, lo que me lleva a pensar que una de las dos es el segundo plato. Y, aunque sé que esto se habría quedado en una noche, no me gusta compartir.
—¿Has terminado?
—¿Qué más quieres que te diga?
—No sé, se ve que tienes muchas cosas que decir.
—No, ya he terminado. Solo he salido a tomar el aire. Necesitaba despejarme —digo intentando recoger algo de dignidad aunque la verdad es que no tengo ni idea de cómo he acabado aquí.
—Y yo también.
—O sea, que no me has seguido —le hago una pregunta indirecta.
—Sí, lo he hecho, pero para comprobar que estás bien.
—Mark, no tienes que protegerme de nada, apenas nos conocemos.
—Y ese es el gran problema, que casi no lo hacemos y quiero saber más cosas de ti. —Eleva la voz como si estuviera loco.
—¿Para qué? —pregunto, también poniéndome a su altura.

—¿No puedo querer conocerte sin más? ¿O es que tú siempre haces todo con algún motivo? ¿Por qué no dejas fluir las cosas?

—No me hagas preguntas que estando medio borracha no puedo responder. ¡Te lo prohíbo! Y ahora, por favor, aléjate de mí, necesito respirar.

—Ven al barco conmigo, allí estaremos mejor.

—Es que no quiero estar a tu lado, ¿comprendes?

—Ait, está amaneciendo y tu hermano vendrá a buscarte dentro de poco. Déjame pasar estas últimas horas sin pretensiones, solo la de ver el amanecer a tu lado.

—No quiero.

—Sí quieres y lo sabes.

—El pitoniso Mark.

—Ait, ¿por qué te empeñas en ser tan tozuda e insufrible a veces?

—¿Y tú por qué me sigues?

—Muy sencillo.

—Dilo —le pido.

—No voy a contestar.

Por respuesta tiene cargarme al hombro y oigo un quejido cuando lo hace.

—¡Argg!

—¡¿Qué haces, Mark?!

—La espalda me ha pillado frío —se queja—. Si vinieras voluntariamente me lo pondrías todo más fácil.

—Si no te comportaras como un salvaje podría funcionar —rebato.

—Bueno, me has lesionado, ahora tienes que venir, me lo debes.

—¡Yo no te debo nada!

—El vestido, los zapatos… —responde.

—Eres muy ruin, Mark, mucho.

Intento tranquilizarme, recuperar la normalidad. Estoy muy avergonzada por lo que acaba de ocurrir, por si nos ha visto alguien.

—Perdóname, *Aitena*.

—Aitana, me llamo Aitana, no *Aitena*, ni Ait, ni nada que se le parezca. Parece que dices «antena» y tengo un trauma, de pequeña me llamaban en el colegio así —suelto de sopetón.

—O me lo dices en inglés o no te entiendo .—Se lo traduzco—Ven al barco, por favor.—Inexplicablemente, mis fuerzas comienzan a ceder, pero me niego.

—No.

—Ait. —Me joroba reconocer que, a pesar de lo enfadada que estoy, mis negativas cada vez son más débiles.

—No, Mark, no.

—Me he pasado contigo, discúlpame. En realidad no pienso lo que he dicho.

Empiezo a darle vueltas a todo. La verdad es que me da rabia acabar así la noche, enfadada, cuando ha habido una parte de ella que ha sido tan perfecta. Anna, sus verdades a medias y su impulsividad, eso ha hecho que se vaya todo al traste. Y me molesta, porque no puede haber nunca nada que sea perfecto en mi vida, ni siquiera una maldita fiesta. Pero supongo que Mark se merece una nueva oportunidad. A lo mejor es mi egoísmo el que quiere que la noche se reconduzca, no lo sé, pero el caso es que acepto ir con él.

—Cinco minutos y nos vamos.

—Está bien.

Empiezo a andar con paso inseguro, Mark me agarra de la mano para que no trastabille con los tacones. Quiero apartársela, pero esta vez no me suelta a pesar de mis reticencias. Andamos despacio, se quita la chaqueta de traje y me la pone por encima de los hombros. Noto su calor en el cuerpo y lo agradezco.

Ya en el barco me coge de las caderas y me ayuda a subir. Él de un rápido movimiento se sube también y entonces me fijo en que por la camisa se transparenta un poco un tatuaje que lleva y en el pectoral izquierdo y que creo ver que asoma hasta la clavícula. No lo había visto hasta ahora porque siempre ha llevado el pecho cubierto. Espero algo dubitativa en cubierta y veo que trae un par de mantas y dos almohadas del barco. Las pone a mi lado y me invita a que me siente. Me quito los tacones y me bajo un poco la cremallera del vestido para estar más cómoda. Me quito los pendientes y el anillo, los meto en el bolso y lo dejo todo entre los dos. Él se arremanga la camisa y apoyamos la cabeza contra el mástil. La claridad del amanecer empieza a intuirse, por momentos es más fuerte y Barcelona deja de estar teñida de negro. Las horas sin dormir y las emociones de estos días hacen que caiga rendida y me quede dormida en el pecho de Mark.

8
¿DÓNDE ESTÁ MI HERMANA?

Dos titanes de pelo oscuro aparecen en la recepción del hotel W de Barcelona. Uno con coleta y pelo largo castaño y el otro con el pelo mucho más corto y con camisa. Ambos preguntan por la misma mujer: Aitana. Ender y Sergio se abalanzan sobre el mostrador, desde donde la chica de recepción los mira atónita. No sabe a quién atender, uno habla con acento raro, le suena de la televisión y no puede menos que quedarse embobada. Se pone a su favor internamente, pero intenta aparentar normalidad. El otro se desliza por el mostrador enseñando el DNI con su nombre y apellidos, dice ser el hermano de Aitana. Los apellidos lo demuestran. Paco lo adoptó, obviamente eso no se lo dice. El caso es que Ender y él discuten entre ellos.

—Mira, no sé si me conoces, soy Ender Yilmaz —le dice a la recepcionista—, el actor, y estoy buscando a mi hermana, la señorita Aitana Fernández.

—Aitana no es tu hermana, pedazo de imbécil, es la mía, que para eso se crio conmigo —contesta Sergio.

—A ver si te enteras, medicucho de tres al cuarto, de que compartimos padre y madre. Tú y ella no compartís ni siquiera uno de ellos.

—Pues claro que no, porque...

—Disculpad —dice la chica con un tono suave y ambos se callan de inmediato—, estoy llamando a su habitación y no lo coge. Debe haber abandonado ya la habitación.

—¡Imposible! Ayer quedé con ella en que vendría hoy a buscarla —dice Sergio.

—¿Tú?

—Sí, ¿qué pasa? Aitana tiene un hermano desde hace veintitrés años y no te ha necesitado nunca.

—Eso es porque tu padre la secuestró —rebate Ender.

—No llames *padre* a ese señor.

—En eso estamos de acuerdo —cede el actor. —Bueno, el caso es que mi hermana...

—Nuestra —rectifica el médico. Ender le hace gestos con las manos de «qué pesado eres», pero sigue hablando.

—El caso es que tenemos que buscarla porque ha desaparecido, ¿piensas mover el culo o quedarte aquí?

—Está bien, ¿por dónde empezamos? —pregunta Sergio.

—Sí, hombre, a ti te lo voy a decir...

Se pelean hasta por salir primero de las puertas giratorias. Una vez en la calle, Ender instintivamente va hacia los barcos. Sergio decide seguirlo disimulando. En uno de ellos, Aitana despierta cuando oye un par de voces familiares. La luz del sol no la ha despertado porque se ha quedado dormida sobre el pecho de Mark y este le tapó la cabeza con su chaqueta. El capitán lleva despierto un buen rato sin moverse debido, en gran parte, al dolor de espalda crónico que le quedó tras su última operación. Se debería haber tomado las pastillas hace unas tres horas.

Aitana levanta la cabeza y lo mira confundida. Se dan los buenos días un poco tímidos. Se miran la ropa y se avergüenzan.

—¡Aitana! —Oye a Sergio.

—¡Nadina! —Es la voz de Ender.

—¿Te llaman a ti? —pregunta Mark confundido.

—Me temo que sí. —Asoma la cabeza y se vuelve a tapar. No funciona, la han visto. Ahí están sus dos hermanos, mirándola confundidos al encontrarla en ese estado. Utiliza la mano como visera para cubrirse los ojos. El sol es muy fuerte a esa hora.

—¡Hola! —Mark, inocente, saluda a ambos hombres, que alzan los ojos y se cruzan de brazos, esperando una explicación.

Aitana está despeinada y el escote del vestido llega más debajo de lo decente, hasta casi vérsele los pechos. Mark lo evita tapándola con su chaqueta. Ambos hermanos esperan como si fueran dos porteros de discoteca dispuestos a matar al rubio con cara de atontado —según la opinión de ambos— que los saluda con la mano.

—Buenos días, soy Mark Cook. —Se levanta, no sin dificultad, y les tiende la mano desde el barco. Ambos hombres se la dan por educación—. ¿Quiénes sois?

—No, ¿quién eres tú y qué haces con mi hermana medio desnuda ahí? —pregunta el médico.

—Nos hemos quedado dormidos… —Mark se rasca la cabeza.

—Sergio, Ender, no os tengo que dar ninguna explicación. Seréis mis hermanos, pero no mis dueños. —Mark en ese momento se da cuenta de la imagen que ha dado a ambos y entiende que se ha metido en problemas.

—Os juro que no he tocado a vuestra hermana.

—Bueno, eso de que no me has tocado…

—¿¡Qué!? —preguntan Ender y Sergio a la vez.

—¿Qué te ha hecho este mamarracho? —inquiere Sergio.

—Nada, no me ha hecho nada.

—¿Seguro? —preguntan ambos a la vez. Aitana los mira atónita.

—Muy bien, una vez aclarado, vámonos Aitana. Te llevo a casa, a poder ser lejos del padre de este.

—No es mi padre, sino el tuyo, y Aitana se viene conmigo —se defiende Sergio. Aitana empieza a golpetear el suelo con el pie de manera incesante, a ver si entre los dos cromañones de sus hermanos se aclaran—. Vámonos, hermana, aquí ya no hay nada que hacer.

—¡Basta ya! ¡Dejad de discutir de una buena vez! A ver si os enteráis los tres.

—¿Cómo que los tres? —preguntan a la vez Ender, Sergio y Mark.

—¡Si yo no he hecho nada! —se defiende Mark.

—¿Ah, no? Me tratáis como si fuera una niña a la que pudierais manejar a vuestro antojo. Uno que miente más que habla. —Señala a Mark.

—No, si para mí también iba a tener. Ait, te pedí perdón, pensaba que lo habíamos arreglado.

—Si llamas arreglar a poco menos que obligarme a subir contigo aquí, sí, lo hemos arreglado.

—¿De verdad no te acuerdas de lo que hablamos? —inquiere.

—Eh…

—¿Por qué no te acuerdas, Aitana? —pregunta Sergio.

—¿Bebiste ayer? —interviene el otro hermano.

—¿Esto qué es? ¿Un interrogatorio? —se defiende ella.

—No te defiendas atacando como cuando éramos pequeños, Aitana —advierte Sergio.

—Me estáis sacando de mis casillas los tres. Y no, Mark, ¡no me acuerdo! Así que te agradecería que me recordaras qué te dije.

—Ya veo que te importó mucho la conversación. Te dejo con tus hermanos. Suerte en la vida, Aitana.

El capitán le quita la chaqueta de encima de los brazos y se la cuelga de un hombro. Salta todavía descalzo del barco, coge los zapatos y se encamina hacia el hotel, dejando atrás a esa familia extraña. Y a esa mujer todavía más rara. No lamentaría haberle contado nada a Aitana si ella se acordase, si entendiese el porqué de tantas cosas que no casan entre ellos.

Aitana, Ender y Sergio lo siguen a unos cuantos pasos por detrás. Ella no deja de mirar la espalda del hombre que le ha acompañado esa noche. Se pregunta qué le contaría y por qué no recuerda nada, debió quedarse dormida rápidamente. No bebió tanto como para no acordarse.

Ender va enfrascado en sus pensamientos también. Está muy enfadado porque Sergio ni siquiera quiso contar con él para venir a buscarla, como si en la familia él, Hana y su madre fueran un estorbo. Se merecen un respeto. Le gustaría hablar con Clara en estos momentos, que ella lo centrara y lo animase. Pero está en Madrid. Le manda un mensaje diciéndole que la echa de menos y le contesta al segundo diciendo que ella también y preguntándole cuándo vuelve. Le dice que cree que se va a alargar un poco, pero que la llamará en cuanto tenga noticias. Dos mensajes diciendo que se quieren salen de los móviles de los dos y a la vez sonríen al mirar el mensaje. Clara en Madrid está en una sala restaurando uno de sus cuadros favoritos mientras escucha música turca para ir aprendiendo el idioma. Echa un vistazo a las paredes que pronto dejará de ver y que, aun sin haberse marchado, ya añora. Su amado y odiado museo de El Prado.

Aitana sube a la habitación y se cambia con la ropa que le ha traído Sergio en una maleta pequeña. Mientras, sus hermanos esperan en la recepción, sentados en el mismo sofá, pero separados, como si hubieran coincidido por casualidad. De vez en cuando se miran de reojo. En el fondo ambos saben que son víctimas de una situación que no han creado ellos. Pero no pueden llevarse bien, al menos no todavía. Ender quiere que Aitana vuelva con él a Madrid para que esté alejada de Paco. Sergio también quiere alejarla de su padre, pero para que ella entienda que tanto su madre como él siempre serán su familia y que puede contar con ellos. Es una situación tensa, ambas partes tiran de la cuerda y ambas partes tienen razón. Aitana es la que tiene que decantarse por uno u otro, pero ninguno dará el brazo a torcer fácilmente. Ender no sabía que tenía una hermana pequeña, así que ahora que lo sabe no está dispuesto a perderla, y Sergio no va a permitir que Ender lo sustituya.

Una vez que ya se ha duchado y cambiado, Aitana baja arrastrando los pies y la maleta de ruedas. En el mostrador de recepción le deja una nota a Mark de despedida pidiéndole perdón y otra a Montse junto con la ropa, las joyas que no se ha puesto y el móvil.

Para Aitana la idea de enfrentarse a los dos titanes que le taladran la espalda con los ojos no le resulta cómoda. No entiende por qué tiene que elegir y se siente abrumada por la situación. Pero ha de ser valiente, como ha sido siempre, y enfrentarse a los problemas. Se perdió en medio del mar precisamente por esto, porque necesitaba pensar y retomar el timón de su vida sin dar ningún un paso en falso.

—¿Y bien?—pregunta Ender—. ¿Con quién te vas? ¿Con este o conmigo?

—Con ninguno. —Afirma, serena. No acepta que ningún hombre tome decisiones por ella, por muy hermanos que sean.

—Pero Aitana, he venido desde Cartagena a buscarte, sabes lo que me pasó anoche, me he vuelto loco para alquilar un coche…

—Y yo he tenido que cogerme un vuelo desde La Coruña para venir a buscarte, Aitana.

—¿No lo veis? Cada uno tenéis vuestros motivos y todos son válidos. Ambos tenéis vuestras razones, pero se os olvida la fundamental de porqué ha pasado esto. No puedo estar en medio ni hacer lo que todo el mundo cree que debo hacer.

—Vamos a sentarnos —propone Sergio.

Por primera vez hablan los tres de una forma más sosegada. Esta situación solo los perjudica, no sacan ningún beneficio. Aitana tiene serias dudas y siente que no ha avanzado nada desde que se perdió en el mar. Está agotada por las pocas horas que ha dormido y por todo.

Al final decide marcharse sola. Coge la documentación que le ha traído Sergio, las tarjetas de crédito y alquila un coche.

Sergio y Ender se miran, no saben qué hacer y deciden seguirla.

—¿Qué hacéis?

—Vamos adonde vayas —dice Sergio.

—Quiero estar sola.

—Y lo estarás —afirma Ender.

Aitana pone la dirección de casa de sus padres en el GPS. En el coche de atrás van Ender y Sergio. Es una tontería, podrían ir los tres en el mismo, pero ya solo por orgullo Aitana opta por ser dueña de sus decisiones y no ir con ellos.

Horas después Aitana aparca enfrente de la casa familiar. Paco está en la puerta, esperando. No entiende que lleguen los dos coches y a quien, sin duda, se sorprende más de ver es a su hijo mediano, que lleva en el brazo una maleta. Piensa que, si cree que se va a quedar en su casa más allá que para tomar un vaso de agua, es que no le conoce.

—¿A qué has venido? —espeta a Ender, ignorando por completo a Sergio y a Aitana—. ¿A por dinero? ¿Es que acaso no tienes suficiente? Te prohíbo que entres en mi casa.

—Paco, no es tu casa, es también la mía —dice Mercedes con autoridad a su espalda—, y tu hijo es bienvenido.

Ender no esperaba una reacción así, agradece a la mujer el gesto y entra sin pedir permiso a su progenitor. Ella le pide que se siente en el sofá y, para colmo, lo hace en el sitio que siempre ha usado Paco, aunque él no lo sepa. Y su padre tampoco se lo reprocha. No acierta muy bien a saber por qué.

Sergio y Aitana se sientan en el sofá situado al lado de la ventana, Paco en el que está al lado y Mercedes coge una silla, agarrando a su hija de la mano. Ender no puede evitar anhelar que Aitana se comporte de la misma manera con su madre biológica. Es un cónclave familiar en el que el silencio es tenso y las palabras flotan en el ambiente. Ni siquiera la luz de primeros de junio consigue templar los ánimos. Todos se sienten incómodos y, en silencio, piden a Aitana que diga algo. Ella no quiere hacerlo. Es justamente el epicentro de todo, quien los une, el pegamento.

—Francisco —Aitana llama a su padre.

—¿Por qué nos abandonaste? —pregunta Ender, interrumpiendo a su hermana.

—Eso no es asunto tuyo.

—¿Cómo qué no? Fuiste tú el que nos dejó a Hana y a mí solos.

—Pregúntale a tu madre lo que pasó, cómo me presionaba, cómo me exigía que fuera atento y cariñoso tras dieciséis horas de trabajo.

—Eso no te excusa, engañaste a mi madre.

—A tu madre nadie la engañaba si ella no quería.

—¿Estás insinuando algo de ella? —se revuelve Ender.

—Te lo estoy diciendo a las claras. Su familia nunca me aceptó y ella no dejaba de defenderles.

—¡Por supuesto! Ella quería a su familia, tú nunca has querido a nadie —dice Ender.

—¿Acaso has venido a insultarme a mi casa?

—No, solo digo lo que veo.

—¿Y qué ves? —pregunta el hombre mayor.

—Tú solo te retratas.

—¿Qué quieres?

—De ti nada, lo único que quiero es a mi hermana.

—¡Pero si no la conoces! ¿Cómo vas a quererla? De verdad que todos los del cine sois iguales —dice Sergio.

—Anda, ha salido el defensor del padre del año…

—Mira, chaval, estás demasiado obsesionado con la sangre y los parentescos. A ver si te enteras de que padre, madre y hermano es algo que se gana por hechos, no por nacimiento.

—Sí, porque tu padre no me dejó ser hermano.

—Ender, creo que… —intenta mediar Mercedes.

—Sí, me voy…

—No te iba a decir eso.

—Pero es mejor así, lo sé. Muchas gracias por todo, Mercedes.

Ender coge la maleta que había traído tras estar unos días en La Coruña y después en Barcelona. Se marcha de la casa familiar de los Fernández y cierra con cuidado. Se acerca a una calle principal y decide volver a Madrid con Clara, con ella la vida es mucho más sencilla y no huele a odio y rencor, como la casa que acaba de dejar atrás.

9
CAMBIO DE PLANES

AITANA

En cuanto se marcha Ender me levanto del sofá y voy corriendo tras él.

—¡Ender, Ender! —le pido que se detenga.

—Dime. —Se gira con los ojos ligeramente llorosos.

—Lamento no ser una buena hermana, pero para mí esto es nuevo. Dame tiempo, por favor, quiero conoceros a todos y quereros, pero necesito espacio. Todo lo que sabía hasta ahora de mi familia ha resultado ser una gran mentira. No es fácil para mí.

—Lo sé, Aitana, y lo siento si he estado borde antes. —Le doy un beso en la mejilla antes de responder.

—No pasa nada, te entiendo, y gracias por cuidarme a tu manera. Dale un beso de mi parte a Clara y dile que yo también quiero una visita guiada por el museo, quiero que ella, que tanto ama los cuadros, me los explique. También mándale un beso a *ma*...

—Puedes decirlo, Aitana.

—Me cuesta, para mí mi madre es Merche.

—Lo sé, es una verdadera madre contigo. Pero tienes dos, ¿vale? Mamá no sustituirá a Merche.

—Estoy enfadada con *ma*. No me buscó. No luchó por mí. No puede pretender que empiece a quererla de un día para otro.

—No lo pretende, solo quiere algo de esperanza y que os conozcáis.

—Pues, por favor, dile que ahora necesito tiempo para pensar, para reflexionar y para terminar de asumir una noticia como esta. Solo es eso, unos días, después de hacerlo tantos años, supongo que podrá esperar.

—Yo no voy a ser más pesado contigo. ¿Quieres que te pase fotos de Yasif y Benim? Ahora que saben que tienen otra tía están deseando conocerte…

—Pásame fotos de ellos, me encantará verlos y adivinar a quién se parecen.

—Son clavados a Hana y, por lo tanto, a ti. Son muy buenos y listos, tienes que conocerles.

—Bueno, Ender, paso a paso.

Le doy otro beso en la mejilla y vuelvo corriendo a casa. Cruzo el pequeño jardín, más tarde la puerta y subo corriendo las escaleras que me llevan hasta mi habitación. Me dejo caer en la cama y a los pocos minutos veo a mi madre aparecer. Me pide permiso para entrar y le permito que pase.

Le cuento lo que ha sucedido y por qué me encuentro así, ella me da un beso en la mejilla y me dice que le preocupa que deje de quererla. Le contesto que eso es imposible. Ella comienza a llorar y me cuenta cómo se sintió cuando estaba desaparecida. Aparecen mi padre y Sergio y ellos dos empiezan a criticar a Ender y a mi otra madre. Intento mediar, pero veo que estos dos días que llevaba desaparecida no han servido para que aprendan nada.

Mi padre y Sergio siguen discutiendo, mi madre intentando mediar. Ambos hombres pretenden que me pongan a favor o en contra de uno u otro. No se dan cuenta de que esta situación me supera y de que yo lo único que quiero es paz. Recomponerme y hacer preguntas al hombre que me dio la vida y que parece seguir enfrascado en su punto de vista. Suena el móvil.

MARK:
Ait, no te acuerdas, pero ayer te dije que me
voy tres días de peregrino porque quiero ver
el solsticio de verano en Stonehenge. Si lo
necesitas, mi invitación sigue en pie.

El mensaje es justo lo que necesitaba, marcharme de aquí porque la locura no ha acabado.

AITANA:
¿A qué hora sale tu avión?

MARK:
En seis horas.

AITANA:
Dame los datos del vuelo, te veo en el
aeropuerto.

Me levanto de la cama y pido que me dejen sola. Subo al trastero y cojo una mochila de acampada. Cuando vuelvo guardo un saco de dormir, un chubasquero y lo que creo que me puede venir bien, aunque ahora, tras toda esta tensión, no tengo muy claro lo que estoy haciendo. No me olvido de lo más importante y veo que tengo el pasaporte en regla.

—Me voy —anuncio a mi familia.

—¿Cómo que te vas?

—No aguanto tanta presión. Me voy una semana a Inglaterra con Mark. No me llaméis, no voy a estar disponible. Tampoco me mandéis mensajes, estaré bien. Si necesito algo os lo diré, son solo siete días en los que espero que os tranquilicéis y me dejéis en paz.

Me despido con un beso en la mejilla a Sergio, le doy un abrazo a mi madre y a mi padre le digo adiós sin llegar a pronunciar las palabras. Cuatro horas después estoy en el aeropuerto con el equipaje facturado y encuentro a Mark con unas botas color caqui de andar, pantalones a juego, camiseta blanca de tirantes bajo una camisa azul de manga larga y su cara perfectamente afeitada.

Me da un abrazo y yo rodeo su cuerpo con los brazos.

—¿Si te doy un beso en los labios me darás un tortazo? —pregunta.

—Ni lo dudes.

—En ese caso, te daré mejor un beso en la mejilla.

—Bien —digo satisfecha.

—Pero…

—Mark, ni lo intentes.

—No, no lo voy a hacer, pero será incumplir nuestra tradición. Recuerda que desde que nos conocimos, ya sea por unas circunstancias o por otras, siempre nos acabamos besando, así que tarde o temprano pasará.

—No tientes tu suerte.

Veinticuatro horas después, con dos escalas de por medio, sin contar el vuelo hasta Barcelona desde Alicante y tampoco el trayecto en coche desde Cartagena hasta Alicante, aterrizamos en el aeropuerto de Southampton. Debería haber revisado antes la cantidad de horas de escala. Saber que Reino Unido está tan cerca y que hemos tardado casi el mismo tiempo que ir hasta Australia es algo que debería haber planificado mejor. Estoy muy cansada y me pesan los párpados. Salimos de la terminal y la temperatura, mucho más baja que la de España, consigue espabilarme hasta que los dientes me terminan castañeteando por el frío, así que me ajusto la chaqueta.

—Y bien, ¿dónde vamos a dormir? —le pregunto.

—No lo sé.

—¿No has reservado un hotel?

—¿Para qué? Solamente estamos aquí de paso, seguro que algún sitio encontraremos —afirma con total tranquilidad.

—Empiezo a arrepentirme de haberte dicho que sí a venir contigo…

—No temas, estoy contigo y soy tu salvador. ¿Recuerdas? —Pongo los ojos en blanco.

—¿No ves cómo eres un perdonavidas trasnochado? —Sonríe de medio lado, divertido por mi broma—.Mejor no salgamos del aeropuerto, quiero usar el wifi para buscar dónde podemos dormir. ¿Alguna preferencia?

—Que haya una cama. —Entrecierro los ojos—. Mejor dos.

—Eso está mejor, Mark.

Hago una búsqueda en internet y veo que solo queda disponibilidad en albergues a las afueras de la ciudad o un hotel que está bien de precio en el barrio de Queen's Terrace.

Esta vez no dejo decidir a Mark, mejor el hotel, no me fío de sus gustos.

Ni sé ya la de tiempo después, aparecemos en la recepción de un hotel mucho más elegante de lo que me esperaba. Las paredes de ladrillo oscuro visto, las grandes cristaleras que dan a la calle y el estilo minimalista y elegante impregnan cada esquina. Nos dan la tarjeta de la habitación —solo quedaba una disponible— y subimos en el elegante ascensor de cristal. Al entrar en la habitación no lo dudo, suelto mi mochila en el primer sitio que puedo y me agacho a coger el pijama y ropa para ducharme. Esa cama *king sized* va a ser para mí.

Entro al baño, que huele a vainilla, y me doy una ducha que consigue terminar de relajarme. No me paro a preguntar protocolariamente quién se ducha antes o después, no puedo ser educada con las ganas que tengo por fin de dormir en una cama en condiciones. Me lavo los dientes y, finalmente, salgo del baño con el pijama puesto. Veo como Mark baja su mirada hasta mis pechos carentes de sujetador y me los tapo cruzando los brazos con disimulo.

—Ait, no puedes salir del baño con el pelo húmedo y medio desnuda porque entonces me va a compensar que me abofetees por besarte. —Pongo los ojos en blanco.

—¿Cómo nos repartimos la cama? Duermo yo en el sofá, ¿vale? —digo esperando que, por favor, sea un caballero y me diga que no, que el sofá es para él.

—Está bien.

Me trago mis palabras. Me muerdo los labios por dentro y me arrepiento de haber sido tan educada justo para lo más importante. Cojo unas mantas del armario y una almohada. Ahora no tengo sueño, se me ha pasado. Busco en internet qué podemos hacer y veo que Southampton tiene muchas cosas para ver. Me las apunto en el cuaderno de notas del hotel para proponérselo a Mark cuando salga del baño. No pasará nada si tardamos un día más en llegar a Stonehenge.

Unos minutos después sale con una camiseta gris sin mangas. Veo que, además del tatuaje del pectoral, tiene otro en la espalda. Ambos parecen bastante grandes. Se sienta a mi lado, poniendo la tele. Es una escena muy íntima cuando apenas nos conocemos. Hace cuarenta y ocho horas estaba en su barco y ahora estamos los dos, compartiendo habitación de hotel para un viaje que vamos a hacer juntos. ¿En qué momento se me ocurrió que era una buena idea? Luego recuerdo cómo están las cosas en casa y desde luego que esta situación parece más tranquila.

El vello de su rodilla me hace cosquillas en la pierna, que me provoca un hormigueo en esa zona, así que me separo un poco de él para poner distancia.

—¿Estás bien? —pregunta.

—Sí. ¿Puedo preguntarte algo?

—Si es personal no. —Pongo los ojos en blanco—. Es broma, dime.

—¿Me puedes enseñar tu tatuaje?

—¿Cuál?

—¿Tienes más de uno? —disimulo, fingiendo que no lo sé.

—Sí —dice.

Me muero de ganas de decirle que quiero vérselos todos, pero no lo hago porque luego interpreta lo que quiere y no. Esto es un viaje de amigos. ¿Que nos atraemos más que una bombilla a una polilla? Sí, pero amigos, al fin y al cabo.

Se separa el tirante ligeramente.

—Es una brújula indicando el norte.

—Muy propio de un marinerito. —Le guiño un ojo.

—Bueno, como veo que te vas a burlar de mí, no te digo el significado.

—Ah, ¿que lo tiene?

—Por supuesto. Yo no me tatúo porque un dibujo sea bonito, sino porque significa algo para mí.

—¿Me lo vas a decir? —sigo

—No. Hasta mañana, Ait.

Me da un beso en la frente y se dirige a la cama. Me fijo en que el tatuaje de su espalda comienza en la nuca y se esconde bajo la camiseta cerca de la espina dorsal.

—Mark…

—¿Qué? —pregunta.

—¿Puedo dormir contigo? Es que la cama parece tan cómoda… —digo en mi voz de niña pequeña mejor ensayada y un tono lastimero al que sé que es imposible negarse. —Comienza a reírse de forma descontrolada y me siento un poco humillada.

—Estaba contando los segundos que tardarías en pedírmelo. Anda, ven aquí a dormir conmigo. Yo te protegeré.

—Vale, me quedo a dormir en el sofá, mejor.

—No seas boba, Ait, estaba vacilándote. Ven a dormir a mi lado.

Me levanto con la manta que había cogido, pongo la almohada en medio de la cama y apago la luz.

—Ait…

—¿Qué?

—¿Me das un beso de buenas noches? —Usa el mismo tono que acabo de emplear yo.

—Pero si ya me lo has dado tú antes.

—Exacto, yo a ti, no tú a mí.

Levanto el nórdico de la cama y con él se va a la porra el muro de separación. Voy a tientas, lo cojo de la mandíbula y espero a que sea él quien mueva la cara. No lo hace, se queda quieto, así que doy un beso en la almohada.

—Mi cara está más a la izquierda.

—Ya está, date por besado.

—Ah, no, no. Dame el beso, Ait, me lo debes. —Bufo.

—Eres insufrible. Venga, te lo doy.

Me equivoco y al final acabo besando por error sus labios. Él sigue el beso y yo empiezo a notar un cosquilleo en el punto de unión de mis muslos. Me gusta mucho Mark, su sabor, su forma de retarme…; no quiero parar, pero esto no está bien.

—¿No ves cómo tenía razón y siempre que nos reencontramos nos besamos?

—Mark, cállate, por favor. Estoy muy avergonzada por ello. Ha sido un beso totalmente involuntario.

—Involuntario o no, siempre nos acabamos besando —dice.

—Tú me has provocado.

—La que me ha metido la lengua casi hasta la campanilla has sido tú.

—Mira, déjalo, porque al final vamos a acabar discutiendo. Hasta mañana, marinerito perdonavidas trasnochado.

—Hasta mañana, remilgada.

Me obligo a callarme construyo de nuevo una barrera infranqueable entre los dos. Una vez he acabado, me doy la vuelta y duermo de espaldas a él, tratando de pensar en cosas que no me pongan de mal humor. Pero, piense en lo que piense, este empeora por momentos, así que intento dejar la mente en blanco. No es muy difícil, estoy agotada.

Como era de esperar, a la mañana siguiente el muro está totalmente deshecho. Me despierto con el olor a pan recién tostado y café, que está sobre una encimera en la que no me había fijado hasta ahora. Tampoco había visto la cocina, ni la nevera, ni que esta habitación es como un miniapartamento. Por último, miro a Mark. Cojo una rebanada de pan y me agarra de la cintura; le hago la cobra, pero aún así consigue darme un beso en la mejilla.

—¿Me puedes dejar espacio, por favor?

—¿Qué te pasa, Ait? ¿Otra vez de mal humor? Te recuerdo que fuiste tú ayer la que me besó.

—Cállate, Mark, o me cojo un vuelo de vuelta a España.

—Hazlo, pero ya sabes lo que se tarda desde aquí.

—Me da igual —digo muy digna.

—Está bien, prometo portarme bien, no prometo no darte besos, pero sí no enfadarte más.

—Si me das un beso me enfadarás.

—Vives enfadada, así que no pasa nada —me rebate.

—Eres insoportable, Mark, me agotas.

—Sí, pero aún así te has venido conmigo, así que no debe de ser tan horrible. Y bueno, entonces ¿hoy haremos turismo aquí?

—Sí, si quieres —digo tras dar un trago del tazón de café con leche.

—Tú mandas, jefa, pero mañana saldremos hasta Stonehenge.

Me visto, me pongo unas sandalias y un vestido veraniego que había metido en la mochila por si acaso y acerté, ha llegado el día de darles uso. Southampton es la ciudad de la que partió el Titanic, lo que me recuerda, en parte, a lo que me pasó con La Niña. Sí, soy bastante dramática a veces. Pero el caso es que nos da la bienvenida una ciudad muy tranquila en la que hay muchos estudiantes extranjeros que vienen a aprender inglés y el clima es agradable, con una simple chaqueta fina no necesito más. Visitamos el Sea

City Museum, la Casa Museo Tudor, un edificio lacado en blanco y madera con más de ochocientos de antigüedad, y acabamos comiendo en el restaurante The Jetty, situado en el mismo barrio, Ocean Village. La idea de este viaje inicialmente era ser mochileros, pero veo que se nos está yendo de las manos en cuanto nos asignan una mesa con vistas al puerto deportivo y veo el precio de los platos de la carta.

Mark se pone las gafas de sol y se suelta un botón más de su polo blanco. El tatuaje asomando bajo la tela, su piel morena acariciada por el astro rey, sus brazos atléticos y fibrados y sus manos anchas y castigadas generan que algo palpite en mi cuerpo unos cuantos centímetros más abajo del ombligo.

—Ait, si me vas a desnudar hazlo con las manos y no con la mirada.

—¿Qué dices?

—Creo que no tienes problemas para entender mi idioma.

—Y yo que pienso que ha vuelto otra vez el marinerito perdonavidas trasnochado.

—Di lo que quieras, pero ambos sabemos que tengo razón —me rebate.

—¿Me vas a contar lo que me dijiste la otra noche cuando me quedé dormida en tu barco?

—No.

—¿Por qué?

—Te lo tienes que ganar.

—Entonces déjalo, tan importante no sería.

—Si es lo que piensas...

Pero me puede la curiosidad, quiero saber qué me dijo y por qué no me lo dice ahora. Solo hay una cosa que odio más que olvidar las cosas y son los acertijos o misterios. Necesito saber las cosas porque soy curiosa. Me quedo en silencio debatiéndome entre preguntarle más o no.

—Cuéntamelo…

—No, pero creo que, aun si no soportándome has venido conmigo, debe ser porque algo muy grave debe estar pasando en tu vida como para que hayas salido corriendo con un hombre al que detestas.

—No te odio, solo me sacas de mis casillas —digo con sinceridad.

—Es casi lo mismo.

—No, no lo es.

—Lo que tú digas. Y si quieres que te repita lo que te dije la otra noche, estaría bien que empezases a ser sincera conmigo y me contaras qué te ha ocurrido.

—Es muy personal —me defiendo.

—Te aseguro que lo mío no lo es menos.

—¿Tan grave es?

—No me preguntes y dime. —Lleno los pulmones de aire y lo suelto.

—Es muy complicado, Mark.

—Tus hermanos…

—Ellos no son los culpables, son las víctimas.

—¿Entonces?

—No voy a contarte más hasta que tú no me des más información. ¿Estabas solo el día que terminó la regata?

—Ya sabes que sí.

—¿Por qué?

—No voy a contarte nada más, Ait, hasta que tú no me des más información —imita mis palabras.

—Creo que este tema nos está amargando la comida, ¿quieres que hablemos de otra cosa?

—Pensé que no ibas a proponerlo.

Esboza una leve sonrisa y entonces el clima entre los dos cambia. Disfrutamos del plato de pescado con verduras y tras ello damos un largo paseo por el puerto y por la playa. Me hago un nudo en el vestido y ambos dejamos que las heladoras olas del Atlántico jugueteen con nuestros pies y dibujamos en la arena formas que el otro tiene que adivinar. Mark dibuja horriblemente mal y no es posible averiguar lo que son cualquiera de sus dibujos, él me los intenta explicar, pero no les veo el sentido. Me coge de la mano y me obliga a bailar, a rotar sobre mí misma y mi melena, meciéndose al viento, hace que se me olviden todas las preocupaciones, me siento más ligera. Y entonces me convenzo de que sí, de que ha sido una gran idea aceptar la locura de viajar con él sin saber cuántas horas íbamos a tardar. A su lado me siento libre, sin la obligación de tener que solucionar problemas que yo no he creado y así, entre risas y tonteos, la noche llega sin avisar. De camino al hotel paramos para picar algo y comprar comida para el día siguiente; por fin saldremos rumbo a Stonehenge.

Con nuestras mochilas a la espalda y ataviados con unos palos de paseo salimos del centro de la ciudad. De repente, en Bitterne Park aparece ante nosotros una casa de madera verde con tejado a dos aguas y ventanales blancos, desde donde se ve la ribera del río Itchen. Un anuncio muy antiguo sobre la valla anuncia que se vende y está abierta parece abandonada, por lo que no dudamos en pasar al jardín y hacer un pequeño alto en el corto camino. Es un espacio absolutamente encantador. El zumbido de las abejas polinizando las flores y los saltamontes saliendo de su escondite a nuestro paso. Me da paz. Damos la vuelta a la casa y nos sentamos en un banco de madera un tanto desvencijado, que está en el porche trasero. Está lleno de polvo, al igual que los cristales, alguno está roto y desde fuera observo, curiosa, los muebles viejos y abandonados. Es extraño sentirse en un lugar como este así de bien. Le pido a Mark que nos quedemos un rato más y al final acabamos echando una siesta breve en este lugar. El sueño es tranquilo y empiezo a añorar no volver a aquí. Me gusta actuar, pero me encantaría vivir de la escultura y siento que mi vida lleva un tiempo, no sé cuánto, en el que no puedo dominarla. Me he convertido en espectadora de mi presente y de mi futuro. Soy consciente de que mi vida no va a cambiar, aunque mi sueño sea vivir de la escultura nunca lo voy a lograr.

10
ESTO SE ALARGA

MARK

Aitana ha estado retrasando el viaje, en cada pueblo que pasamos quiere visitar cada rincón. No sé si es porque está huyendo de la situación en su casa o simplemente es que ella es así. Nos empezamos a llevar bastante bien tras diez días de ruta, jugamos a enfadarnos y desentadarnos. Yo siempre le digo piropos y ella finge que no le gusta y está cansada de escucharlos. Pero después la encuentro sonriendo, cuando la dejo sin palabras, y mirándome de esa manera que consigue hacer que me explote el cerebro.

Por fin estamos en Stonehenge. Mi abuelo siempre me hablaba de este lugar, de su magia. Me decía que él solo pudo venir una vez, buscando el árbol genealógico de su familia. A su bisabuelo lo mandaron a Australia tras robar unas cuantas ovejas para comer. Tras acabar la regata, quizás la última de mi carrera, quería venir aquí. No sé muy bien por qué, quizás siguiendo los pasos de mi abuelo. Puede que sea una lealtad que arrastro o que me apetece.

Vamos a ver la puesta de sol allí, pero sobre todo, el amanecer. Somos dos más de los cientos de hombres y mujeres, la mayoría jóvenes, que nos dirigimos en masa a ver el espectáculo que regala la naturaleza una vez al año. Siempre he oído que es sanador y eso es justo lo que necesito, coger fuerzas para saber qué rumbo darle a mi vida. Si desoír lo que me han dicho los médicos o dar un golpe de timón.

No han hecho falta palabras, al final nos hemos agarrado de la mano para no perdernos. El suelo es bastante irregular, por lo que andamos con cuidado de no caernos enterrar los pies en el barro.

La gente que nos rodea va cantando y bailando todo el camino, el ambiente es increíble. Una comunidad de gente que solo quiere una cosa: pasárselo bien disfrutando de un momento casi mágico. Extendemos una manta que compramos en Salisbury y nos sentamos cerca de otra pareja que parece encontrarse un poco fuera de lugar. La mayoría de gente que nos rodea son grupos de amigos de todas las nacionalidades que han venido aquí a ver el solsticio de verano. Al final más gente se acaba incorporando a nuestro pequeño grupo y ya no sabemos dónde empieza uno y acaba otro. La gente canta, baila, los timbales con su traqueteo continuo parecen llamar a esa parte más ancestral; otros tocan la guitarra y cantan una canción y al anochecer las gafas incandescentes iluminan a quien se encuentran detrás. Ait y yo nos levantamos y bailamos a ratos y otros nos sentamos. A eso de mitad de la madrugada hay gente que sigue haciendo mucho ruido, pero entre Ait y yo surge algo mágico. Cogemos la manta y nos vamos agarrados fuertemente de la mano a alejarnos de todo. Andamos unos metros, no sabría decir cuántos, pero bastantes, estamos solos y el sonido de la música se oye con menos intensidad.

—¿Te parece bien aquí? —pregunta.

—Sí. —Dejo las mochilas en el suelo y me pongo de cuclillas para ayudarla con la manta.

Noto su aliento a escasos centímetros de mis labios y luego cómo su boca, ya sin vergüenza explora la mía. Le cojo la mandíbula con las manos y profundizo más en el beso. Aitana no se aparta, yo ni loco lo haría. Ella me rodea el cuello con los brazos y acaricio sus nalgas sin vergüenza alguna. En un movimiento me rodea las caderas con las piernas y me agacho para tumbarla sobre la manta que cubre la hierba. Ya en el suelo, ella mete las manos por debajo de mi jersey y las lleva a mi espalda. No puedo evitar tensarme cuando clava los dedos muy cerca de mi espina dorsal, pero recupero el aliento en cuanto las aparta y los acerca a mi bragueta. Yo hago lo mismo, le desabrocho el primer botón del pantalón vaquero y tras apartar la tela de su tanga busco su centro de placer. Presiono, pellizco y hago movimientos circulares sobre su clítoris. Primero lentos y luego más rápidos, varío la velocidad y de su boca comienza a escapar un jadeo. No tarda mucho en mojarme los dedos y su cuerpo me grita que lo estoy haciendo bien. Bajo los besos del cuello a su pecho, aparto la camiseta y me encuentro con el sujetador. Echo la copa hacia atrás y empiezo a besar, pellizcar y lamerle el pezón. Aitana gime más fuerte y me tira del pelo.

—Ait, si quieres que pare dímelo ahora o no habrá marcha atrás.

—No la hay desde hace un rato, Mark. Te exijo que continúes.

Obedezco a la jefa y sigo amasando, chupando y acariciando sus tetas. Recorro su cuerpo dirección descendente con la lengua y pasando por su ombligo hasta que llego a su clítoris. Allí, en el centro de su placer, me encuentro un pubis depilado y su manjar de dioses un poco más abajo. La hago llegar al límite, cuando noto que no puede más me bajo la bragueta mientras ella se quita el pantalón y mi pene llega a su entrada, me detengo un segundo, ella me atrae con las piernas y me vuelvo loco con su estrechez. Empiezo despacio, disfrutando de la sensación con la que he fantaseado tantas veces, pero pronto exige que vaya más rápido. Me da la vuelta y comienza a cabalgarme, impone el ritmo y yo pierdo definitivamente el sentido de todo. No podría decir que follamos porque esto es mucho más profundo. Esto es piel y sentimientos, semanas, quizás años de una tensión que no se resolvía, que no terminaba de acabar. Finalmente, llegamos ambos al orgasmo y su boca y la mía reciben el del otro.

—Uf… —sale de su boca mientras se separa de mi cuerpo—, lo necesitaba, Mark. Que bien… —Se estira y me acaricia la barbilla mientras me da un beso en los labios dulce y lento. Esta mujer me tiene loco por ella—. Gracias por proponerme hacer este viaje, Mark. Ha sido la mejor decisión de mi vida.

—Creía que te arrepentías.

—No, nunca lo he hecho en realidad. Me he cansado de estar contigo en mi posición de mujer digna y malhumorada todo el tiempo. En realidad, tú no eres el culpable de nada, es mi vida que está llena de complicaciones.

Se abre plenamente y me cuenta lo que han sido para ella estas últimas semanas en las que todo se ha vuelto del revés. La crisis familiar que ha surgido en su familia. La realidad de la situación la tiene superada y no sabe cómo manejarlo, porque todo el mundo espera que sea ella la que medie.

Y está cansada, cree que es algo que tienen que arreglar su padre y su madre biológica. Entiende a su familia de sangre, pero no puede acarrear todo ese peso sola.

—O sea, que cuando te perdiste en el mar…, y también este viaje, es una huida hacia adelante.

—Sí —reconoce—. Necesitaba un descanso de mi vida, no ser la responsable de todos y de todo. Mi padre no pone las cosas fáciles con Ender y él es clavado a mi padre. Son pasionales y cabezotas. Quiere que acepte a su madre y la trate como tal, pero estoy dolida. Mi padre hizo mal al secuestrarme, pero ella tampoco me buscó. Por eso estoy dolida con todos menos con mi madre, con Merche. Ella me entiende, o al menos me respeta.

Sé que se espera lo que le voy a decir, pero no voy a mentirle más ni a decirle algo que no pienso.

—Eres muy afortunada, Ait.

—¿Tú crees?

—¡Por supuesto! Tienes a dos familias que se pelean por ti, por tu cariño. Yo, sin embargo…

—Cuéntame, Mark.

—Soy un estorbo desde que nací para mis padres. Mi madre se pasa la vida intentando amargar a mi padre y él ignorándola, pero en realidad le divierte ver cómo se arrastra. ¿Te acuerdas de que te llamó la atención que estuviera solo cuando llegamos a Barcelona?

—Sí.

—Pues todavía no me han llamado mis padres para felicitarme. Yo creo que no saben ni que he acabado la regata. Tampoco voy a avisarlos. Llevo años sintiendo que soy una piedra en el camino para ellos y he aprendido a que me duela menos. Por eso me comporté como un idiota contigo, porque era mi forma de intentar llamar tu atención.

—Cuéntame más.

Aitana me abraza, me acuna entre sus brazos y siento como si por primera vez realmente le importara a alguien.

—Soy el gran fracaso de mi padre. De pequeño siempre soñaba con que vendría a alguna función mía en el colegio, pero nunca podía. Me esforzaba en sacar las mejores notas, en ser brillante, pero ni aun así servía de nada. Nunca era suficiente. Y mi madre, estaba centrada en sus cosas. Para ella yo era algo así como un bolso, un complemento más. Cuando mi abuelo tuvo la iniciativa de apuntarme a clases de vela a mis padres les pareció bien, era una forma de que no estorbara, pero cuando les dije que quería dedicarme a lo que lo hago, la cosa cambió. Empezó la presión para que me convirtiera en un gran auditor de una empresa grande o bien me dedicara a lo mismo que mi padre, las finanzas.

—Parece que algunos padres solo reparan en uno cuando dejas de ser aquello que esperan que seas.

—Es exactamente eso lo que ocurrió, Ait, me has comprendido perfectamente.

—Y es injusto, no debería ser así. Que cada uno haga con su vida lo que quiere.

—Eso es.

—No sé si esto te servirá de algo —dice—, pero a mí me importas, Mark. Al principio no te entendía, ahora…

—Ahora ves que solo estaba intentando llamar tu atención. Salvo por George, desde que murió mi abuelo me he sentido muy solo. Por eso me esforcé tanto en ser el mejor capitán de la regata, no solo porque mi vida es el mar, sino porque también es una búsqueda de afecto, aunque sea admiración por parte de otros. Y ahora no sé cuánto tiempo más voy a poder seguir en la compitiendo. Por los médicos, lo dejaba ya, hoy.

—¿Qué dices?

—Mi espalda, no está bien. De hecho, está fatal. Tuve una mala caída hace un par de años y la lesión ha ido a peor. He ido a varios médicos y todos me han dicho lo mismo, desaconsejan rotundamente que siga dedicándome a lo que lo hago y puede que con el tiempo, si no me cuido, deje de andar. —Aitana me coge de la mano y me mira.

—Ahora te comprendo, Mark. ¿Por qué no me lo habías dicho antes?

—¿Y contarte la triste historia del capitán Mark Cook?

—Todos los héroes tienen una historia que les ha hecho llegar hasta donde están… y casi nunca es una buena.

—Pero yo no soy un héroe, solo soy un marinerito perdonavidas trasnochado, como tú bien dices. —Chasco la lengua.

—Mark, no, no lo eres. Eres mucho más. Eres la clase de persona que se preocupa por cuidar y por meterse en problemas incluso con compañeros de equipo solo para dormir a mi lado y que no me pase nada… Tienes que dejar tu trabajo.

La abrazo y se agarra a mí con fuerza.

—No, no puedo dejarlo. Mi vida es el mar y sin él estaré completamente solo.

—¿Qué te gusta hacer?

—Nada, solo lo que hago.

—Tiene que haber algo…

—No lo sé, Ait. Te juro que no lo sé. Estoy muy perdido, de ahí también este viaje. Quería encontrar respuestas, mi camino…Y, para ser sincero, no lo he encontrado, estoy tan perdido como antes.

—Me gustaría darte la receta mágica para encontrar la solución, pero no quiero mentirte…, yo también estoy perdida —confiesa.

—Tienes familia, éxito, amigos…, ¿qué más se puede pedir?

—No lo sé, pero yo también tengo un vacío existencial más allá de lo de mi familia. A veces sueño con que me mudo de país y por fin me atrevo a dedicarme a lo que me gusta: la escultura, pero no sé si podría vivir de ello. Pero estábamos hablado de ti, no de mí.

—No soy importante, me importas más tú.

Confieso envalentonado.

—Mark, eres muy dulce.

—A ratos. Si no escuchas a tu corazón, lo que quieres hacer, a tus impulsos… nunca sabrás cuál es tu camino —afirmo.

—Eso mismo te digo a ti. ¿Qué te dice tu intuición?

—Nada. Gracias por esta conversación, llevaba mucho tiempo sin abrirme tanto. La sirena de tierra firme sabe escuchar.

—Y el marinerito perdonavidas trasnochado tiene mucho fondo. Gracias por proponerme venir a este viaje y hacerme vivir la noche más mágica de mi vida.

Esa última frase me corta la respiración, conseguir que alguien pueda sentirse así conmigo tiene mucha importancia para mí. Siempre era el pesado que cuando se trataba de trabajo se convertía en un hombre implacable, pero ahora, sin ninguna de mis máscaras puestas, me dice esa frase. La que llevaba muchos años deseando escuchar a alguien. Y me hace feliz, demasiado feliz. Temo que sea un sueño y me da miedo reconocer que quiero seguir viviendo momentos como este con ella.

—Eres una kamikaze, Ait.

—¿Por qué?

—Porque eres capaz de decir lo que piensas sin ser consciente del tsunami que producen tus palabras.

—No quería hacerte daño.

—No lo haces, de hecho, haces demasiado bien. Y sí, soy un marinerito perdonavidas trasnochado. —Ríe con mis palabras—. Me da mucha vergüenza reconocerme así delante de nadie, fue un papel que me inventé para ocultar quién soy de verdad. —Me acaricia el pecho y le da un beso.

—No deberías hacerlo, porque el Mark que conozco ahora es el que de vez en cuando se atisba a ver en algunos momentos. Quizá me pasara un poco con tu apodo.

—En absoluto, es divertido y real. Cuando me lo llamaste por primera vez pensé «ya me ha pescado».

—Y tu tatuaje de la espalda es por la cicatriz, ¿no?

—¿Cómo lo has sabido?

—Acabo de notarla antes cuando… Ya sabes —dice.

—Sí, eso era lo que te conté cuando te quedaste dormida el día que terminó la regata. Me tatué un nudo en la espalda para ocultar mi dolor tras la tinta, y, respecto a la brújula, apunta al norte, que eso era para mí mi abuelo. Él guio mi camino a seguir y ahora, con el estado de mi espalda, no sé que hacer.

—Vivamos el momento y ya está, Mark. Es lo que estoy haciendo yo y, la verdad, me siento mucho mejor. Por cierto, deberías abrirte más. Habríamos discutido mucho menos.

—Pero no habría sido tan divertido.

—Bueno, eso lo dirás tú.

—Reconócelo —le pido.

—La verdad, estar tan concentrada en estar enfadada contigo ha hecho que todo lo demás haya pasado a un segundo plano.

—Y ahora te toca decir que sí.

—¿A qué?

—En teoría, nuestro viaje acaba hoy. Quédate unos días más conmigo y seamos libres. Después tomaremos esas grandes decisiones que nos aguardan y resolveremos todos esos problemas.

—¡Sí! —responde sin dudar.

Decidimos volver con los demás, aquí hace más frío y es más inseguro que donde están todos. Hay varias hogueras, nos acercamos a una de ellas y cantamos con el grupo que está quemando nubes de algodón, deben estar aderezadas con algo más, porque notamos una risa floja y vemos cruzar muchas estrellas fugaces. Abrazo a Aitana, que está temblando de frío, y nos pongo la manta por encima. La beso en la mejilla y se deja hacer, incluso me devuelve el beso.

El dolor de espalda hace horas que ha aparecido, tras toda la noche en vela y por no haberme tomado las siete pastillas que necesito para sobrellevarlo, pero aun así me merece la pena. Vemos juntos el amanecer, que no puede describirse de otra manera que mágico, con el sonido de los timbales y tambores dando la bienvenida al sol. Lo vemos aparecer entre dos piedras del círculo de Stonehenge y suben los decibelios, que hasta hace poco estaban bastante aplacados, a pesar de la música. Aplausos, silbidos, gritos de alegría, gente que comienza a desperezarse. Yo siento una carga de energía por el momento, estoy abrazando a una chica preciosa mientras vivimos un momento que solo sucede una vez al año.

11
YO LO MATO

AITANA

Emprendemos el camino de vuelta a Salisbury y aprovechamos para dormir unas cuantas horas. Mark y yo vamos anestesiados por el momento que hemos vivido. En el más amplio sentido del término. Me aseguro de que no entre ni un resquicio de luz por la ventana, pero apenas a las once ya me he despertado. Tengo a mi lado siete botes de pastillas que, sin duda, son de Mark y no había visto hasta ahora. Los ha dejado encima de la mesilla de noche. Está abrazado a mi cadera y cuando me percato de que está teniendo temblores, me pongo muy nerviosa.

—Mark, despierta. —Lo zarandeo— ¿Estás bien? —Abre los ojos levemente.

—Ahora que te veo despierta sí.

—Mark…

—Solo me duele un poco la espalda.

—Tienes la frente empapada en sudor y estás temblando. No me mientas.

—Vale, me duele algo más que un poco —confiesa.

—¿Y todos esos botes?

—Calmantes.

—¿Te has tomado las pastillas?

—Sí.

—Tiene que verte un médico, está visto que no te están haciendo efecto.

—No, estoy bien.

Le insisto mucho, pero no me hace caso, me dice que es normal levantarse así cuando no se toma la medicación, pero que se pondrá bien. Estoy segura de que me está ocultando algo, pero no sé el qué y por más que intento sonsacárselo, vuelve su máscara de marinerito trasnochado.

—Ait, no hace falta que me cuides, todo este tiempo he podido solo.

Me enfado y decido no insistir más, él verá. Me visto y salgo de la habitación a dar un paseo, necesito pensar. Otra vez está la parte de él que no soporto, de autosuficiente, de perdonavidas. Voy dando un paseo por caminos llenos de abedules, helechos y campánulas azules. El olor a flores hace que me relaje y se me pasa en parte el enfado. Entiendo que cuando estás solo desde hace tantos años aprendes a valerte por ti mismo, a tomar tus propias decisiones y no quieres confiar en alguien que sabes que, tras esa situación temporal, no estará contigo. También sé que lo más parecido a unos padres que ha tenido es el que fue su instructor de vela, aunque George sea mucho más que eso. No debe ser sencillo asumir, en la cima de tu carrera, que te tienes que retirar. Porque es evidente que es lo que debe hacer. No puede seguir siendo el patrón del Piratas del Mar. No lo he hablado con él, pero espero que, al final, esos sean sus planes.

Andando caigo en la cuenta de mi error, en que no debería haberme marchado. Lo han hecho demasiadas personas en su vida y yo he hecho lo mismo. No debe ser fácil ver que te rechaza todo el mundo, incluso las personas que más se supone que te quieren. Veo que me está llamando al teléfono y se lo cojo inmediatamente.

—Ait, ¿estás bien?

—Sí, solo he salido a dar un paseo.

—Pensaba que te habías enfadado.

—Ya se me ha pasado. Espérame para comer —digo al mirar el reloj del móvil y ver que faltan poco para las doce y media—, ya voy para allá.

—Está bien. Quedamos en la puerta del hostal, he encontrado un sitio que creo que te va a gustar.

Deshago mis pasos entre corriendo y andando, con una mezcla de sentimientos invadiéndome el cuerpo. Estoy enfadada porque es un cabezota, pero, por otro lado, solo tengo ganas de abrazarlo.

En apenas quince minutos, estoy con él. Me agarra de la mano y me pasa un brazo por encima de los hombros. Me da miedo rodearle la espalda con el brazo, es él quien agarra el mío y me da un beso en la frente.

—Mark…

—¿Sí?

—Gracias por el beso, pero, si hay algo que odie en este mundo son los besos en la frente. Me parecen totalmente paternalistas y, que yo sepa, tú no quieres comportarte como un padre conmigo. —Suelta una risotada y me besa en los labios.

—No, desde luego que no, yo lo que quiero es practicar cómo se hacen hijos contigo sin hacerlos, claro.

—¡Eres un cerdo! —Me río y le doy un golpe en el brazo.

—Ait, no disimules, que sé que tú también.

—No voy a contestarte a eso.

—¿No ves como tengo razón y eres una remilgada? —Suspiro y pongo los ojos en blanco.

—Lo que tú digas.

—Anda, Ait, déjate llevar y bésame.

Comemos en la terraza de un restaurante con unos bancos de madera color azul y mesas a juego bajo unas sombrillas blancas. La carta es muy típicamente inglesa y, aunque no son mis platos favoritos, me decanto por un puré de patatas con salchichas. Mark pide unas costillas asadas con patatas fritas y me parece totalmente imposible poder comer todo eso a estas horas. Ahora que hemos firmado la paz entre nosotros, Mark insisten que pruebe de su plato, pero me niego hasta que pone su mejor cara de pena, esa a la que sabe que no voy a poder decir que no y acabo cediendo.

—¿Qué te parece si cuando lleguemos a Port Isaac saltamos en paracaídas? —me pregunta con naturalidad.

—Mark, es una broma, ¿no?

—No, ¿por?

—¿Te recuerdo que hasta hace unas horas estabas fatal de la espalda?

—No te preocupes por eso, me tomaré las pastillas. Tranquila, estaré bien.

—Mark, esa no es la solución, tienes que cuidarte.

—Ait, te aseguro que saltar en paracaídas es de las actividades menos lesivas que puedo hacer. ¡Si hasta salta gente de ochenta años!

—No voy a permitir que lo hagas, no estando yo delante.

—Ait, lo voy a hacer.

—No, Mark.
—Sí.
—No.
—O lo hago contigo aceptando todas las precauciones que tú me digas o lo hago solo, tú eliges —me reta. Está completamente chalado.
—Me estás chantajeando.
—No, te estoy informando —rebate.
—Consigues sacarme de mis casillas.
—Y no veas lo cachondo que me pone hacerlo.
—Ya está, ya tardabas mucho en aparecer.
—¿Quién?
—El perdonavidas trasnochado.
—¿Ya no soy el marinerito? —pregunta.
—No, ahora estás en tierra firme.
—En absoluto lo estoy desde que tú apareciste en mi vida. Me muevo en un mar de olas en el que no sé cuándo recibiré la siguiente bofetada.
—No te voy a pegar —me defiendo.
—Que me digas que no es una forma de hacerlo.
—Estás acostumbrado a decidir por ti mismo todo el tiempo. Déjame cuidarte, Mark.
—Entonces di que sí a saltar conmigo en paracaídas. —Me mira muy serio. Empiezo a conocerle bien, creo que no va a ceder.
—Déjame mirar las medidas de seguridad y si es o no cierto lo que dices.
—Necesito descargar adrenalina y, ya que no puedo hacerlo en el mar, quiero probar con el cielo.
—No me convence y lo que más me enfada de ti, Mark, es que me cambies de conversación y te pongas guarro para salirte con la tuya.

—Es mi técnica contigo y siempre funciona. No sabes decirme que no.

—Pronto dejará de funcionarte.

—Entonces aprovecharé mientras lo siga haciendo. ¿Qué me dices, Ait? —pregunta con ese tono de voz que cada vez me parece más erótico… y más cuando lo me susurra al oído provocándome una ola de deseo que me hace desconectar—. ¿Saltas conmigo o salto solo?

—Contigo —me oigo decir, demasiado tarde como para desdecirme y reconocer que me ha embaucado, como siempre.

—Esa es mi Ait.

Y ese «mi» no me molesta en absoluto. Al revés, me gusta y sé por qué es. Porque la atracción se ha convertido en algo más, en una especie de amistad más intensa y profunda que hace que me importe su bienestar y quiera cuidarlo. Me importa Mark, mucho más de lo que estoy dispuesta admitir, y si en algo puedo ayudar a que esté bien, lo voy a hacer.

Horas después me veo buscando en internet y cada vídeo que aparece más miedo me da, aunque no parece demasiado lesivo para la espalda, o de eso me intento convencer. Este hombre está loco por querer saltar, dice que nunca lo ha hecho y sé que lo hará, decida lo que yo decida finalmente hacer. Lo reconozco, me desespera y me lleva al límite de la paciencia, pero no puedo evitar sentirme responsable por lo que le pueda pasarle, quizá porque con mi familia siempre es así. Quizás el intentar ser la que cuide, la que medie, sea algo natural que sale de mí y a lo que nadie me ha obligado, pero a lo que los demás se han acostumbrado. Quizá tengan que ver las constantes depresiones madre que mi madre sufre desde hace años o que mi padre y Sergio siempre han chocado mucho y por cuidarla a ella y la familia a he intentado estar en medio. Más ahora, con una familia recién descubierta, de nuevo ese rol, el de cuidar.

Y aquí con Mark igual. Parece que fuera un imán para la gente desvalida y que nunca me priorizo. Pero, aunque fuera así, aunque lo hiciera porque me sale cuidar de manera natural, quizás un buen chute de adrenalina me traiga esa claridad mental que necesito. Me aseguraré de que se apliquen todas las medidas de seguridad necesarias. Me quiero enfrentar a mis miedos, aunque esté asustada.

—Me gusta esa sonrisa —me dice Mark cuando se despereza. Solamente una sábana fina tapa su cuerpo desnudo de cintura para abajo.

—¿Cuál?

—Esa que tienes. No estoy muy seguro de nada en general, pero creo que no te vas a arrepentir y vas a saltar finalmente conmigo.

—Lo hago solo porque no me quiero sentir responsable de que te mates o te quedes paralítico. —Le quito importancia. Lo hago porque me importa y creo que lo sabe.

—Te prometo que eso no pasará, me dejaré cuidar y haré todo lo que tú me digas.

—¿Todo todo?

—Miedo me da esa pregunta.

—Tiembla, marinerito, tiembla. —Y pienso cómo me voy a vengar.

—Me gustas mucho, Ait. Sobre todo cuando pones morritos y me llamas «marinerito» en castellano. —Me encojo de hombros, no sé qué decir.

Se viste y se sienta a mi lado en la cama mientras miramos con su portátil empresas que se dediquen a saltar en paracaídas. Él inicialmente quiere elegir la más barata, pero me niego en rotundo. Buscamos entre los dos la mejor, la que tenga las mejores opiniones, y estudio todo lo que tienen, especialmente que las cuerdas y amarres sean lo más seguros posibles. Un trato es un trato… y él me dejó elegir las condiciones a mí. Le intento desanimar en todo momento, le digo que es una locura, que para qué, que su espalda... No me hace caso.

La noche de antes de saltar la paso en vela. Sé que es solo un rato, pero me da mucho miedo y para colmo no puedo moverme en la cama. La habitación del hostal tiene una cama minúscula y duermo al lado de Mark. Cualquier movimiento mío sería capaz de despertarlo, está acostumbrado a abrir los ojos con el más mínimo ruido. Por lo que la noche es muy larga.

En cuanto veo por debajo de la puerta que la luz del amanecer comienza a aparecer, me levanto. No aguanto más en esta prisión. Siento alivio hasta que soy consciente del plan de después.

Obligo a Mark a que se vende el pecho y la espalda para que sufra lo menos posible. Se resiste, pero termina por ceder. Se queja de que está sudando y anda como un robot. Cuando me doy cuenta, estoy dentro la avioneta y el motor se pone en marcha de forma estruendosa. Noto un cosquilleo de anticipación, vamos enfundados en unos monos, con gafas y casco. Él me lo ajusta bien y comprueba que voy bien atada a mi instructor. Ahora se preocupa por mí cuando me está obligando a saltar. Decido intentar, por última vez, desanimarle.

—Mark, esto es una locura.

—Ait, no hace falta que sigas adelante. Yo voy a tirarme en paracaídas sí o sí, pero tú no tienes por qué hacerlo.

—Mark, jamás lo haría, pero si me tengo que tirar al vacío solo lo hago contigo. —Él me da un beso sin ningún tipo de vergüenza y sin importar que tenemos a nuestros instructores a las espaldas y que para ello ha tenido que mover al otro hombre. Lo miro a punto de asesinarle por la locura que acaba de hacer.

—No ha sido mi culpa, solo se te ocurre a ti decirme eso justamente ahora.

Unos quince minutos después de despegar se abre la puerta de la avioneta. Una ráfaga de aire frío entra y me entran más dudas si caben. Vamos acompañados de un camarógrafo que se cuelga de una de las alas del avión. Intento no pensar. A continuación, mi instructor y yo nos acercamos al borde. Me tiembla todo el cuerpo y me dan ganas de ponerme a gritar y llorar, pero me contengo. Echo el cuerpo hacia atrás y apoyo la cabeza en él, tal y como nos han explicado que debemos hacer. El corazón se me va a salir del pecho…, pero cuando estoy a punto de arrepentirme salta.

No puedo describir con palabras lo que siento en la caída libre. No noto vértigo, tampoco mareo…, es raro. Sigo con los ojos cerrados hasta que escuchó la voz de Mark y los abro. Ahí está, con su melena dorada al viento, saliéndosele del casco, y su enorme sonrisa saltando, cumpliendo algo que quería hacer, e inmediatamente me siento feliz por atreverme yo también, aunque me diera miedo. Ahora entiendo que tuviera ganas de saltar, es una sensación increíble, saber que estamos como flotando en el aire, me dan ganas de llorar y gritar, pero de felicidad.

Nuestros instructores se acercan y Mark y yo nos agarramos de las manos durante unos segundos, los suficientes como para que su fuerza me insufle valor. No sé por qué demonios salí sola a navegar, si fue una intuición que tuve, una locura o el destino, solo sé que hay veces que las decisiones descabelladas pueden dar lugar a los mejores momentos de nuestras vidas y este es uno de ellos. Jamás me habría imaginado sentirme así de libre, de tranquila, de viva.

Mi instructor me avisa de que voy a notar como que vamos hacia arriba, pero eso solo será porque empezaremos a caer más despacio. Tras el susto inicial, comienzo a admirar la belleza del paisaje verde y del mar que, azul oscuro, rodea el precioso pueblo de Port Isaac, con su playa minúscula y la lengua de agua adentrándose en la tierra. Me siento capaz de todo, fuerte, inmensamente fuerte, de tomar decisiones y de ser dueña de mi vida. Un chute de adrenalina que de repente me recompone y me encuentro a mí misma.

Tras diez minutos planeando las formas cada vez se hacen más grandes, levanto mucho las piernas y al aterrizar me doy un leve culetazo. A continuación, aterriza Mark y se suelta de los arneses. Corremos al encuentro del otro.

—¡Gracias, gracias, gracias! —grito—. ¡Ha sido la mejor experiencia de mi vida! Vamos a tirarnos otra vez.

—¡Pero qué dices, Ait! Si no querías…

—Me ha encantado. Ha sido genial. Buah. —Empiezo a saltar y me abraza con fuerza. Nos damos un beso apasionado, aunque corto, un apretón de labios llenos de energía.

Acompañamos a los instructores y nos hacemos fotos de recuerdo. Estas van a ir en la entrada de mi casa. Tras ello, nos quedamos unos días en Port Isaac. Es un pequeño pueblo del oeste de Inglaterra que te lleva a otro tiempo. Se trata de una villa pequeña enclavada justo en un entrante del mar en la tierra caliza. Rodeada de prados en los que solo hay unas pocas casas. Vamos a la playa, comemos a la orilla del mar, nos besamos, nos abrazamos y estamos mucho tiempo juntos, aprendiendo de la filosofía de vida del otro, aderezándolo todo con momentos de revolcones en la arena y en las verdes praderas.

El calendario dice que ya llevamos un mes fuera de casa, pero me parece imposible, se me ha pasado el tiempo volando. Aun así, creo que ya va siendo hora de volver, de asumir que tenemos que enfrentarnos a las cosas y solucionarlas.

Estamos tumbados en una pradera, bajo un árbol desde donde se ve el mar. Mark, lleva un polo beis por el que se asoma el tatuaje del pecho. Ese que me he dedicado durante estos días a recorrer a besos, a reseguir cada detalle con la yema de los dedos. Los pantalones color madera se le ajustan y describen su anatomía. Se ha quedado dormido tras el picnic que hemos venido a hacer. Tras bebernos casi una botella de vino francés el alcohol nos ha adormecido. Se ha acostumbrado a dormir unos minutos después de comer. En sus palabras: «la siesta es el mejor invento del mundo».

MARK

Noto besos muy sutiles en el cuello, como si fueran pequeñas hormigas que suben por él, pero no, la sensación es demasiado húmeda y agradable. No me quiero despertar, estoy muy a gusto. Entreabro un ojo y me parece intuir a mi sirena de tierra firme. Le rodeo el cuerpo con los brazos y la pego a mi pecho, me da unos instantes de tregua en los que no se mueve. Le huelo su pelo y acaricio su melena, que le llega hasta los hombros. La aprieto contra mí y en este momento creo que estoy en el cielo, o por lo menos donde quiero estar.

—Despierta, Mark.

—No, déjame dormir un ratito más así, abrazado a ti.

—Llevas dos horas durmiendo.

—Da igual, estamos de vacaciones —digo.

—Pronto anochecerá.

—Pues que la luz de la luna nos encuentre así: tumbados y dormidos. —Se le escapa una carcajada mientras se intenta liberar de mi brazos. No dejo que se escabulla durante unos segundos más, queriendo retener este momento.

—El marinerito es un romántico.

—Un poco.

—Venga, Mark, vamos.

—Está bien…, jefa. Quiero que algún día me dejes dormir una siesta muy larga. Que gran invento es este…

Pero no tan rápido. En un movimiento fugaz la muevo para que se quede debajo de mi cuerpo. Ella parece estar deseándolo, juraría que se ha dejado con ganas. Me despierto definitivamente y le doy un beso en los labios, desciendo unos segundos por su cuello para prestarle parte de la atención que se merece, aunque la dejo con ganas de más. Su cuerpo se estremece bajo el mío y unos leves jadeos se le escapan de entre los labios, lo que me anima a seguir. Sin embargo, no es consciente de la forma en la que me clava las yemas de los dedos en la espalda y no puedo evitar soltar un grito de dolor.

—Lo siento, lo siento. ¡Qué torpe! Se me había olvidado tu cicatriz —se disculpa.

—No es culpa tuya. Se me ha olvidado tomarme las pastillas. Mañana nos traemos una colchoneta.

—¿Otra vez? —me pregunta.

—Casi no me quedan y en las farmacias de por aquí no las he encontrado.

—Creo que deberíamos volver, Mark.

—¿Al hotel?

—No, a casa.

Me aparto de ella y me siento, apoyando los codos en las rodillas mientras veo el mar, cómo rompe contra la orilla lentamente. Ha llegado el momento que me temía que llegaría, el de decir adiós a este paréntesis en nuestras vidas que se me ha pasado demasiado rápido. Me da miedo volver a casa sin respuestas, tan perdido como antes de subirme al Piratas del Mar.

—¿Has decidido qué quieres hacer con tu vida? —me pregunta.

—No —respondo con sinceridad.

Se me cruza por la mente un pensamiento casi infantil. Si ella me acompañara sería más fácil de tomar la decisión de dejar de competir, pero eso no es posible. Primero porque no sé si siente lo mismo que yo, siguiendo porque la vida de vacaciones no es la misma que la del día a día y terminando porque no sé hacer otra cosa que navegar. No tengo muchos estudios y no sé cómo podría empezar de cero. No quicro trabajar para la empresa en la que lo hace mi padre y ser esclavo de vivir bajo la luz de un flexo, sin ganas de luchar por mis sueños. Para mí el mar es libertad y es donde quiero estar.

—¿Te importa si mañana cogemos un pequeño barco y salimos a navegar?

—Tengo miedo después de lo que me pasó.

—Pero estarás conmigo y no saldremos si las condiciones no son buenas.

—Aún así… Preferiría que no —dice.

—Es para probar mi espalda.

—En ese caso, por supuesto que sí —dice. —Respecto al otro asunto…

—Pasado mañana volveremos a casa.

Los dos días siguientes se instala la pesadumbre entre los dos. El amargo sabor de la despedida y, sobre todo, qué va a ser de nuestra relación cuando nuestros aviones tomen direcciones diferentes. ¿Querremos seguir juntos? ¿O daremos por finalizada nuestra aventura aquí? No me quiero despedir de ella, pero una relación a distancia no es viable. No tiene futuro, y más con una profesión como la mía, en la que me paso gran parte del año en el mar. Ese elemento: el agua, ha sido hasta ahora mi pareja, a recorrerlo es a lo que me he dedicado y ahora no sé cómo decir adiós a mi sueño de convertirme en leyenda.

En la última cena juntos, confieso la verdad.

—Ait, no quiero dejar mi profesión.

—Tienes que hacerlo.

—Yo estaba destinado a hacer algo grande.

—Pero a veces los sueños se truncan —responde.

—¿Por qué a mí? ¿Por qué yo? Yo quería ser el mejor patrón de barco de la historia y no quiero que mi espalda me lo impida.

—Mark, a mí me pasa lo mismo con la escultura. Me encantaría vivir de ello, pero la realidad es que apenas he malvendido alguna que otra obra en mercadillos regionales. Nos guste o no, hay veces que las circunstancias se imponen y hay que lidiar con ellas.

—Ait, no desistas. Aprende, mejora tu técnica y lucha por tu sueño.

—Pero no puedo dejarlo todo de un día para otro. Mis elecciones del pasado me han llevado a un camino muy diferente. Lo mío es la interpretación.

—Lo tuyo será lo que tú quieras que sea. No pongas excusas a tus sueños, trabaja duro para perseguirlos y lo conseguirás.

—Hemos cambiado de tema, estábamos hablando de ti —se queja.

—No puedo dejar el mar. Me siento libre cuando estoy en el agua.

—Busca alternativas que no te expongan tanto. No sé, puedes tener otro rol dentro del barco, montar una escuela para niños que quieran ser como tú…

—Nadie querrá ser como yo si no soy el mejor.

—Ya lo eres —rebate ella.

—Pero dejaré de serlo en cuanto alguien gane más trofeos que yo, pasaré a ser uno más de tantos.

—Mark, la salud es lo primero. El orgullo no te puede dejar en silla de ruedas. ¿Podrás entonces vivir de ello? O peor, ¿y si en un entrenamiento te pasa algo? Puedes morir y no quiero que te pase nada. Quiero… —Deja las palabras en el aire.

—¿Sí, Ait? —Ella gira la cabeza y percibo cómo se come sus palabras en el último momento—. ¿Qué ibas a decir?

—Nada.

Le suelto las manos. Pensaba que me iba a decir que me quería, que es justamente lo que siento yo cuando estoy a su lado. No le digo que si ella y yo tuviéramos alguna posibilidad de estar juntos, probablemente sería más fácil tomar la decisión. Ni siquiera sé si lo que siento es real o no.

Al día siguiente, tras desayunar cogemos un vuelo desde el aeropuerto de Newquay a Gatwick, en Londres, y en ese punto nos separamos. Ella con destino a Cartagena y yo de vuelta a casa, a Sídney. Aunque en realidad no sé si es así como debo llamar a ese lugar. Prometemos escribirnos y hablar con frecuencia, sé que lo haremos.

Es el momento de tomar decisiones tras un viaje que, sin lugar a duda, supone un antes y un después en nuestras vidas.

12
ME VOY

Cartagena me recibe con el calor de mediados de julio y las calles llenas. Se nota que los madrileños han cogido vacaciones. Es un horror ir a cualquier lado y no tener sitio donde sentarse a tomar una cerveza en una terraza. No quiero llegar a casa todavía, por lo que quedo con una amiga; de milagro encontramos sitio en un bar cuco del centro donde tienen las mejores horchatas de la ciudad. Nos ponemos al día, nos contamos nuestras cosas. Me pregunta si he tomado alguna decisión respecto a qué hacer con mi familia… y lo cierto es que no.

Cuando llego a casa veo que mi padre no está y me siento aliviada, aunque ahora sí tengo fuerzas para enfrentarme a lo demás. Percibo el olor de la colonia de mamá. Creo que ya lo han arreglado y me alegro por ellos si así son felices. Yo sigo sin perdonar a mi padre, aunque ya no estoy tan enfadada, solo decepcionada y confundida. No entiendo muchas cosas. Dejo el bolso sobre un pequeño perchero que está al lado de la mesa del comedor mientras subo a mi habitación a dejar la maleta. La mochila que me llevé se quedó corta a los pocos días y tras Stonehenge Mark y yo nos compramos una maleta para cada uno a juego.

—¿Hola? —Oigo la voz de mi padre.

—Hola, estoy arriba —digo.

—¡Hombre! Si la hija pródiga por fin se digna a aparecer. ¿Qué tal? ¿Tu viaje no era solo de una semana?—espeta con reproche. Me muerdo la lengua para no contestarle y empezar a discutir.

—Sí, he vuelto, pero por poco tiempo —decido en el mismo momento.

—Pues nada, hija, tú verás si quieres abandonar a tu familia.

—Si me fui más tiempo no fue por mi culpa.

—Claro, claro, yo te obligué, ¿no?

—No voy a entrar en tu juego.

—Qué malo es tu padre, Aitana, que te dio una vida en la que nunca te ha faltado de nada: familia, dinero, éxito… Claro, que supongo que era mejor haberte dejado con Malak. Una mujer que no te buscó nunca es mucho mejor que yo, ¿no?

—Ni Malak ni tú sois ejemplo de nada.

—¡Por supuesto! Yo no lo soy, soy un monstruo, ¿no? Eso es lo que piensas de mí.

—¡Por el amor de Dios, papá!

—Vaya, pensaba que ibas a decir ¡Por el amor de Alá!

—Te quedas en que he dicho por el amor de Dios y no en que te he llamado «papá» por primera vez en más de un mes. Eso me confirma lo poco que significa para ti esa palabra.

—Lo mismo que para ti la palabra «hija». Desapareciste en el barco y cuando te trajeron tu hermano y Ender al rato te fuiste sin dar una explicación.

—Lo primero: no me trajeron, vine yo sola en un coche que alquilé, ellos decidieron seguirme. Y si me fui es porque no estoy a gusto contigo, porque te veo y veo al hombre que me secuestró.

—Pues nada, corre, ve detrás de Malak. Pero recuerda que sí, que yo fallé, pero ella no te buscó. Perdió a su hija pequeña y no fue a por ella.

—Quiero entender la otra parte de la historia, no me has dejado escucharla.

—No, Aitana, no mientas, no has querido y por eso te has largado un mes fuera de casa como una niña pequeña.

—Ahora recuerdo por qué me fui. No te aguanto, papá.

Me doy una ducha y vuelvo a hacer las maletas. Llamo a Ender y le digo que quiero hablar con Malak, que me explique cómo lo vivió ella todo dado que mi padre no me lo va a contar. Me dice que ella está en Esmirna, que él irá dentro de dos fines de semana allá de vacaciones y para ir preparando la mudanza a Estambul, que finalmente será a finales de año. Tiene proyectos en España y a Clara le han dejado aplazar la excedencia en el museo hasta entonces.

La convivencia con mi padre es mala y, aunque no ocurre lo mismo con Sergio y mamá, no aguanto aquí y me voy a casa de los abuelos, a casa de los padres de Merche. Ambos me apoyan en la decisión de ir a Esmirna a buscar respuestas a mis preguntas. Sergio me confiesa que teme acabar desplazado, pero eso es imposible.

Respecto a Mark, me avisó de que llegó bien a Sídney. Me da miedo preguntarle si ya ha tomado una decisión porque creo que tampoco me dirá la verdad y no quiero presionarlo. Algo me dice que va a seguir navegando a pesar de todo. Es un cabezota.

Dos semanas después entro en la casa de Malak. Es muy diferente a como yo pensaba. Está llena de color, la nevera de dibujos de Yasif y Benim —mis sobrinos— y los muebles están repletos de fotos de ella con Ender y Hana. Hay también una foto de Clara con ellos, aunque en la parte atrás de un estante, en un sitio donde apenas se ve. Me siento ajena a este lugar, pero no incómoda. Ella, al igual que mis hermanos, intenta que esté lo más a gusto posible. Los pequeños me miran con ojos curiosos, desde el regazo de Clara y de Ender.

La situación es tensa, no me imaginaba que sería así. Creí que primero quedaríamos en un sitio abierto, un lugar neutral, y este entorno me pone nerviosa.

—Gracias, Malak, por recibirme.

—Nadina, puedes llamarme *mamá*.

—Disculpa, pero me llamo Aitana.

—Yo te puse el nombre de Nadina.

—Veo que no empezamos bien —media Ender. —Por favor, mamá, llámala Aitana. Que le pusieras un nombre u otro no es lo importante.

—Que me llame ella *mamá*.

—Por favor, Aitana, llámala *mamá*.

—No puedo, no sin entender todo.

—Está bien. —Malak mira a la novia de Ender—. ¿Clara puedes ir con los niños a dar una vuelta? No hace falta que vengáis pronto. Ender te llamará luego.

—Vale. ¿Quién se quiere ir con la tía al parque? —pregunta a los dos en turco. Lo sé porque traduce a continuación para que yo la entienda.

Hana le da un bolso con juguetes para la arena, al final los pequeños quieren ir a la playa. Tras ponerse los trajes de baño se van los tres.

Malak coge la tetera y tres vasos de té que descansan sobre los fogones apagados. Se mantiene en silencio, tratando quizá de calcular las palabras que nos dirá a continuación. Se ha enfrascado en sus pensamientos, supongo que para ordenar cómo contarnos todo. Se arrepiente y de un armario saca galletas, las pone en un plato que saca del contiguo y se apoya momentáneamente sobre la encimera. Hana, Ender y yo nos miramos, temiendo que haya cambiado de opinión. Sin embargo, nos pide que no hablemos hasta que ella termine. A Ender y a Hana les mete la galleta a cada uno en la boca, conmigo no se atreve.

—Ha llegado el momento. Os voy a contar la historia de esta familia, llevo demasiados años callando. Ya que ha venido hasta aquí Aitana, quiero contároslo todo, estoy agotada de guardar silencio y llevar sola esta pesada carga.

—¿De qué hablas, mamá? —pregunta Ender agarrándole la mano.

Malak coge una silla y se sienta enfrente de los tres.

—Sea lo que sea, nos lo puedes contar —dice Hana con la boca llena.

—Lo sé, y como esta conversación es larga, voy a empezar por el principio. Por cómo conocí a vuestro padre. Os va a sorprender, pero os pido que no me interrumpáis, luego podréis preguntar todo lo que queráis, ¿de acuerdo?

—Sí —contestamos a la vez.

Entonces, como si entrara en trance, mira al infinito y su cara se transforma.

—Empezaré pidiéndote perdón, Aitana. No me dejaron buscarte y yo no tuve el valor para hacerlo. Desde que vuestro padre te secuestró, no hay día en el que no me haya odiado por no haber tenido coraje.

—Conocí a Paco mientras trabajaba, vendiendo entradas en el Palacio de Dolmabahçe en Estambul. Él era un turista que venía solo de vacaciones, yo una chica de dieciocho años enamoradiza que estaba en la ciudad a punto de entrar en su primer año de universidad. Mala combinación, él quería aventuras y yo me sentía libre en una ciudad que no era la mía. La mala suerte hizo que se pusiera en la cola que yo atendía. Compró un billete y me preguntó mi nombre. Le señalé la chapa y me dijo que quería escuchar cómo sonaba en turco, así que se lo dije. También me preguntó a qué hora terminaba mi turno y le contesté que si quería saberlo tendría que esperar hasta que me fuera. Me esperó sin quejarse. Después de todo ese tiempo, me preguntó si podría invitarme a un helado y con la crema me enamoré, nos enamoramos, en realidad. Era exótico para mí y que viniera durante siete días seguidos a mi trabajo solo para verme trabajar, me encandiló. Nunca llegó a ver el palacio por dentro y canceló su billete de avión de vuelta a España. —Se le escapa una lágrima, pero se da un manotazo para secársela.

Después nos cuenta lo de Grecia, el embarazo de Hana, de Ender y las dificultades económicas por las que pasaron.

—¿Y cómo se lo tomaron los abuelos y los tíos?— pregunta Hana.

—Mal. Pensaron que lo de Francisco sería un capricho pasajero. Cuando les dije que estaba embarazada me dijeron que no querían saber nada más de mí, que era la vergüenza de la familia. No me ayudaron, pero tampoco me perjudicaron. Durante el tiempo que estuve con Paco, murieron vuestros abuelos. Quise venir a estar con ellos sus últimos días, pero vuestros tíos no me dejaron. Decían que eso sería perjudicial para su salud y yo solo pude aceptar. Vuestro tío dice que murieron de pena. Eso a día de hoy no me lo perdono… y él nunca ha dudado en recordármelo cuando no estáis vosotros delante.

—Ibas a empezar la universidad.

—¿Y eso me lo dices tú, Ender? ¿El mismo que estuvo a punto de tirar su carrera por la borda por una mujer que al mínimo problema lo dejó con un trozo de papel?

—Mamá, no hables así de Clara. Es mi pareja.

—El caso es que, aun pasándolo mal, tirábamos. El problema vino cuando me quedé embarazada por tercera vez. Vuestro padre cambió radicalmente.

—No sé por qué, pero ahora no me sorprende —digo—. Cuando las cosas no salen como él quiere, hace siempre lo mismo.

—Esperable de un hombre que no acepta a dos de sus hijos —dice mi hermano.

—Ya…

—Francisco siempre ha sido así, saca lo mejor y lo peor. Como os decía, se transformó en un hombre al que yo ya no conocía. No me miraba, no me besaba y siempre estaba de mal humor. Apenas jugaba con vosotros y lo único que hacía era trabajar hasta muy tarde. Estoy convencida de que lo hacía a propósito, para no vernos a los tres. Le costaba dirigirme la palabra y cuando miraba mi barriga apartaba la mirada rápidamente con cara de terror. Como si él no fuera el padre. El amor se fue a la misma velocidad que el dinero. No me acompañó nunca al médico para revisar cómo iba el embarazo y hasta llegó tarde el día que naciste, Aitana.

—Papá no me contó nada de eso.

—¿Qué te iba a decir él? No se puede sacar nada bueno de esta historia —no puede evitar decir Hana enfadada. Y tiene razón.

Los cuatro damos un sorbo al té para tratar de digerir el momento. Me acomodo en el sofá y me llevo las manos a los ojos, intentando asimilar toda la información. Me encuentro revuelta con descubrir una parte de mi padre que ni siquiera intuía.

—Todavía recuerdo que cuando te tuve en mis brazos, tuve una intuición. Sabía que algo pasaría si me separaba de ti, por eso te agarré fuertemente contra mi pecho y te di muchos besos. En cuanto te di la teta te agarraste con fuerza a ella y me miraste con esos ojitos que todavía no podían ver. Grabé esa imagen en la memoria.

Esta vez es a mí a quien se le escapa una lágrima y el nudo en la garganta se me hace muy duro, casi no puedo respirar.

—Sigo recordando tu olor a vainilla, tus bracitos… —baja los ojos, como si estuviera cogiéndolos con las manos—, tus piernecitas, la forma que tenía tu barriguita. Como os decía, supe que todo iría mal, así que no me despegué de ti ni un segundo desde que naciste hasta que dos meses después. Tras darte de mamar, vuestro padre me convenció para que fuera a comprar a la tienda. No me fui tranquila, sabía que algo malo iba a pasar y no me equivocaba. No tardé mucho, apenas diez minutos, pero cuando llegué a la casa ya no estabais y vosotros, Ender y Hana, no parabais de llorar. Le odié en ese momento, durante todos estos años no he logrado entender todavía cómo pudo dejaros solos. Os podría haber pasado cualquier cosa, pero no le importó.

Malak se levanta de la silla y va hasta el ventanal, donde deja escapar lágrimas de amargura se que limpia con un pañuelo de tela que se saca del bolsillo. En este momento yo tampoco puedo evitar emocionarme. Quiero abrazar a mi madre biológica, pero me duele que no me buscara. Hana me retiene, con la mirada me dice que es mejor que exprese todo lo que lleva dentro.

—Metí en una maleta nuestras cosas, lo más imprescindible, y me vine con vosotros a Esmirna. El trayecto fue muy duro, volvía repudiada por Paco, con el que no me había casado y había tenido tres hijos. Era la vergüenza de la familia. Vuestros tíos no me querían ver. Solo cuando les juré que no me volvería a marchar y les imploré, os dejaron entrar en casa, a mí no. Dormí durante semanas en la caseta del perro en pleno invierno. Ni una mísera manta me dieron. Lo que más me dolía, además de que te habían secuestrado, era que, a pesar de que me estaban haciendo esas canalladas, no podía evitar recordar que tenían razón. Ellos me advirtieron acerca de vuestro padre. Las pocas veces que los llamé me lo dijeron, los ignoré y lo estaba pagando. No podía odiarlos porque vosotros al menos teníais un techo donde dormir y comida que llevaros a la boca.

—No sigas si no quieres, mamá —dice mi hermana—. No nos tienes por qué contar todo hoy.

—Quiero hacerlo para poder enterrar a vuestro padre por fin, porque sigo odiándolo por lo que nos hizo a los cuatro.

—¿Y nuestros abuelos paternos? —pregunta Ender.

—Los yayos eran peculiares —respondo—. Nunca entendí porque recelaban de papá, aunque a mí siempre me trataron bien, pero siempre hubo algo extraño en ellos. Ahora entiendo que quizás querían contármelo o que esperaban otro futuro para él.

—No lo sé, Aitana, pero ellos tampoco eran inocentes, podrían habernos buscado.

—Sí.

—Pero, para ser honesta, cuando vuestro padre llamó para contarles que yo estaba embarazada de Hana, le preguntaron que quién era la madre. Cuando les dijo que una chica musulmana que había conocido en su viaje a Estambul, le contestaron que ni se nos ocurriera ir a su casa a pedir un plato de comida porque solo nos encontraríamos con la puerta cerrada. Como nos queríamos, pensábamos que podríamos con todo. ¡Qué inocente es el amor!

Esa confesión de Malak, de que los yayos eran racistas, me molesta un poco. No esperaba eso de ellos. Pero a veces las verdades duelen demasiado.

—Me sorprende que, a pesar de todo —dice Ender que la coge de la mano, tratando de quitar la tensión y desviar el tema—, no nos has criado en el odio ni contra nuestra familia, ni contra él. Tampoco contra los cristianos. Has sido muy fuerte y valiente.

—No quería que os contaminarais, he querido siempre que fuerais libres. ¿Qué derecho tenía yo de condicionaros con mi triste historia?

—No es tu historia, sino la nuestra. —dice él.

—Ender tiene razón, podrías haberlo hecho y no lo hiciste —afirma Hana.

Me levanto del sillón y rodeo con los brazos a la mujer que me dio la vida. La abrazo con mucha fuerza y comenzamos a llorar las dos. Me he comportado muy mal con ella, cuando me dijo que era mi madre no quise escuchar lo que me tenía que decir.

—Lo siento mucho —susurro.

—Lo sé, por eso quería contártelo. Por eso no me quise ir de España cuando te encontré, porque temía perderte de nuevo.

—Durante todas estas semanas he estado enfadada contigo, preguntándome por qué no me buscaste. Podrías haberlo hecho, pero supongo que era demasiado doloroso reabrir esas heridas.

—Preferí pensar que habíais muerto tu padre y tú, porque pensar lo contrario era aún peor. Lo siento mucho, hija. Lamento todos mis errores, no haberte podido proteger. Fui una mala madre contigo.

—Eso ya es pasado —digo sin apenas contener las lágrimas—. Lo importante es que nos hemos reencontrado, y ahora, todo será diferente.

Hana, con la que tengo un gran parecido se une a nosotras y nuestro abrazo, y por último Ender, con quien sentí una conexión muy especial cuando lo conocí. Lloramos, nos agarramos los unos a los otros y mi madre saca un álbum en el que tiene fotos de los tres de bebés a la misma edad y con la misma postura. Tumbados de lado con las manitas apretadas y tapados con una manta de color blanco encima de una cuna.

Pienso que es una gran decisión haber venido hasta aquí y me siento afortunada por esta gran familia desestructurada que formamos.

AITANA

No vuelvo a Cartagena, sino que me quedo en Madrid asumiendo las noticias. Tras un descubrimiento así solo soy capaz de expresar mis sentimientos a través de la escultura y me encierro durante las semanas a crear hasta que termino un catálogo de unas diez figuras. Todas tienen en común que la cabeza está cortada, una metáfora de lo que ha supuesto todo esto para mí. Un desmembramiento de todos mis principios.

Me encantaría contarle a Mark hasta qué punto llegó la maldad de mi padre y lo que tuvo que sufrir mi madre, pero tras intentar hablar varias veces con él, no conseguimos coincidir a ninguna hora más de diez minutos, así que me doy por vencida. Supongo que ya nos veremos… o no, ¿quién sabe?

Intenté contarle a mi padre lo que me dijo mi madre, pero me dijo que no hablaría más, que si prefería creer lo que decía una desconocida a él era asunto mío. Yo siempre había sido el pegamento de la familia, la que mediaba, y ahora mi padre me acusa de haberlo roto todo.

Que piense lo que quiera, ya me da igual. Siempre me tendrá aquí, yo no olvido que siempre ha sido un padre cariñoso y bueno conmigo, pero, por más que él lo pretenda, su pasado es su pasado y no puede borrarlo.

Hoy grabamos juntos el doblaje para una película. En otra ocasión estaría feliz por verle, ahora no sé qué pensar, llevo varios días muy revuelta por este asunto. Por suerte, papá y yo nos entendemos bien en el trabajo y en dos horas hemos grabado gran parte del doblaje. Mañana seguiremos.

He quedado con Ender y Clara para comer en su casa. Me vienen a buscar al estudio, cuando salimos mi padre y yo los vemos. El ambiente es tenso, como las otras veces, pero menos que en otras ocasiones.

La temperatura de agosto en Madrid es muy alta, sin embargo, en vez de calor de repente empiezo a notar un sudor frío que me recorre la espina dorsal. Empiezo a verlo todo blanco y…

Cuando despierto estoy en una ambulancia. Mi padre me lleva agarrada de una mano y un técnico de emergencias me mira las constantes vitales.

—¿Qué ha pasado? ¿Dónde estoy? —pregunto.

—Te has desmayado y, al ver que no reaccionabas, tu hermano ha llamado a la ambulancia. Te has dado un fuerte golpe en la cabeza, por lo que estamos yendo al hospital —me dice el médico—. ¿Cómo te encuentras?

—Con ganas de vomitar.

—Toma la bolsa. —Me da mucha vergüenza este momento, pero no me encuentro nada bien. No tengo nada en el estómago, por lo que no consigo calmarlo.

—¿Sospecha que pueda estar embarazada? —Me pregunta el técnico tal cual, sin ningún tipo de anestesia. De repente siento un fuerte mareo y no puedo menos que volver a tumbarme en la camilla.

—No —digo mientras se enciende una alarma en mi interior. Empiezo a echar cálculos y…— creo que no.

—¿Por qué? —inquiere mi padre.

—Es una pregunta protocolaria para ver qué medicación le podemos poner.

En el hospital me dejan en observación. Allí están Ender y Clara. La noto incómoda, desde lo de su hermano trata de evitar pisar los sitios como este. Sé que le traen malos recuerdos y ahora que él está bien estar aquí debe ser desagradable para ella.

La cabeza me va a mil por hora, he dicho en la ambulancia que no estoy embarazada demasiado rápido, pero lo cierto es que me debería haber bajado la regla hace tres semanas y no lo ha hecho. ¿¡Cómo no me había dado cuenta del retraso!?

De repente empiezo a hiperventilar, me tiemblan las manos y el estómago me da vueltas como una centrifugadora. ¿Serán las náuseas de mi supuesto estado?

Una enfermera cuando pasa por mi lado se preocupa.

—¿Estás bien?

—No. ¿Me puedes hacer un favor? —le pido.

—Dime.

—¿Te puedo dar dinero y me compras un test de embarazo?

—No hace falta —responde la chica—, ahora te traigo uno.

—Por favor —la agarro del brazo suplicante— no le digas nada a los que están fuera.

—No te preocupes, todas hemos tenido alguna vez un susto de estos. Pero antes, debes terminarte el gotero.

Me hacen pruebas y más pruebas y no veo el momento de hacerme el maldito test. Al final me dan una habitación, voy escondiendo la cajita donde puedo. Creo que mi desmayo no ha sido tan fuerte, pero la situación de estrés es lo que está haciendo que me sienta peor.

Justo en el momento en que iba al baño con el test en la mano entra mi padre a la habitación. Me mira muy serio.

—¿Qué ocultas, Aitana?

—Eh…, nada. —disimulo guardando debajo de mi pierna la cajita.

—¿Seguro? Soy tu padre y sé cuando te pasa algo.

—No te miento. —No parece muy convencido.

—¿Hasta cuándo vamos a seguir así, hija? ¿No ves que me destroza el alma perderte? Ya está, ya basta, por favor. Llevas tres meses castigándome y no puedo más.

—Papá, empezaré a perdonarte cuando asumas la parte de tu pasado que quieres excluir. Hana y Ender son también tus hijos y Malak es nuestra madre. No te pido que comamos con ellos todos los domingos, pero sí que tengas una relación más cordial. Los errores de los adultos no tenemos porqué seguir pagándolos los hijos. Nosotros no somos culpables de nada. Ender no tiene la culpa de ser clavado a ti en lo cabezota, en el carácter, en todo. Hana y yo no tenemos la culpa de parecernos tanto a ti físicamente. Y Malak fue una mujer abandonada por su pareja. ¿Te haces idea de cómo se sintió cuando, recién parida, te llevaste a su hija pequeña?

Me callo porque entonces algo en mi interior empieza a empatizar más con ella. No sé si estoy embarazada, pero por fin comprendo del todo a la mujer que me dio la vida.

—Llama a tu hermano y dile que pase —cede apesadumbrado.

—¿Está fuera?

—Sí, Clara y Ender no se han movido del hospital en todo este tiempo.

Llamo al móvil a Ender y a los pocos segundos se abre la puerta. Mira con precaución a mi padre y entra, Clara cierra la puerta a su espalda.

—Ahora que estáis los dos —dice mi padre—, quiero pediros disculpas. No me porté bien con vuestra madre y si reaccioné como lo hice fue porque durante años me intenté convencer de que nada de lo que le hice a Malak había ocurrido. He sido especialmente duro contigo, Ender. Eres igual que yo a tu edad: perseverante, capaz y desenvuelto, nada se te pone por delante. He estado leyendo sobre ti y, aunque a este viejo cabezota le cueste reconocerlo, me siento orgulloso de ti. Eres mucho mejor que yo en todos los sentidos. Lamento mucho todo el daño que os he hecho a tu hermana, a tu madre y a ti. Y tú, Aitana, creo que sabes cuánto lo lamento, solo espero que ceda pronto tu indiferencia, porque ha sido el peor de los castigos.

—Las cosas no se arreglan de un día para otro —digo.

—Lo sé.

Clara, mi padre y yo miramos a Ender, quien nos observa sin decir nada, se lleva las manos a la barba y se la rasca. El silencio es de esos que sabes que marcarán un antes y un después. Ahora es él quien tiene que decir algo, pero soy consciente de la dificultad del momento.

—No sé qué decir, Francisco. Valoro tus palabras, pero han sido muchos años en los que podrías haber hablado, en los que podrías habernos buscado…

—Tu madre tampoco hizo nada por encontrar a Aitana.

—¿Otra vez? —se exalta—. Mi madre tenía sus razones para no buscarla al principio, pero, aun así, eso no justifica lo que hiciste.

—Me hago cargo.

—Ya he hablado con Malak, está todo claro. —Mi padre baja la cabeza afirmando, Ender prosigue con voz pausada.

—Aprecio tus palabras, Paco, pero hay heridas a las que les cuesta mucho cicatrizar. Me pregunto si, de no ser por lo

que le ha ocurrido a Aitana, nos estarías diciendo lo mismo.
—Se niega a mirarlo a los ojos, sé que no habría dicho nada—.
Las razones no son relevantes, pero supongo que todo el
mundo merece una nueva oportunidad. Podemos probar a
empezar a conocernos, sin forzar. De todas formas, creo que
también tienes que hablar con mi madre y con Hana.

—Lo haré. Viajaré a Estambul si hace falta.

—Viven en Esmirna —apunto.

—Donde sea, pero la realidad es que quiero ordenar el
pasado para poder tener una relación normal con vosotros
—reconoce, cabizbajo, ausente de todo orgullo.

Ender calla por respuesta. En el silencio flotan palabras
que de ser pronunciadas solo empeorarían las cosas.

—Bueno, dado que Aitana está bien. Nosotros nos vamos —afirma Clara, que me da un abrazo y me pide que la
llame para lo que sea.

Clara y Ender salen de la habitación agarrados de la
mano. Antes de marcharse, mi hermano me guiña el ojo y
cierra la puerta despacio. Nos quedamos solos y mi padre
me escruta.

—¿Vas a dejar de ocultar lo que hay debajo de la sábana? —me dice mirando mi mano oculta.

—Sabes lo que es…, ¿verdad? —Asiente con la cabeza.

—Sé valiente, Aitana.

—¿Y si…?

—Dilo.

—¿Y si estoy embarazada?

—De ser así, no dejarías de estarlo por no hacerte un
test… Anda ve.

Tiene razón, respiro un par de veces y decido que es
mejor acabar con las dudas. Seguramente el retraso de la
regla sea por los nervios de estos últimos meses, de las

emociones, mis ciclos siempre han sido muy irregulares. Cuando tenía exámenes en el colegio, ya me pasaba, no fue diferente en la escuela de interpretación y ahora seguro que es eso.

Me levanto de la cama con las piernas temblándome y no me creo capaz de aguantar mi peso. Mi padre me ofrece su brazo para ayudarme a ir hasta el baño. Con cada paso que doy me siento más y más insegura. No quiero ir, no hay necesidad. Me arrepiento, no quiero ir a hacerme el test, pero mi padre no me deja echarme atrás y me obliga a entrar en el cubículo del servicio. El cerrojo cruza implacable la puerta y mirándome al espejo, cuya luz fluorescente me molesta, me siento desnuda. Este, sin duda, será un momento muy importante para mí.

13
TODO SIGUE IGUAL

MARK

El viaje hasta Sídney ha sido largo y cansado. He pasado unas semanas de retiro en un templo budista y he descubierto algo, que la meditación no es para mí, al final he acabado más nervioso.

Respecto a Aitana, vivimos en la otra punta, literalmente, del mundo el uno del otro. No somos capaces de coincidir para hablar con tranquilidad. Lo que podría haber sido el inicio de algo más que un tonteo y un desahogo pasional ha quedado en eso, en algo físico, pero la echo de menos. Creo que si ella llegó a mi vida era para demostrarme que alguien se puede preocupar de verdad por mí. Pero con esta distancia entre ambos me siento, como un perro al que adoptan y poco después devuelven a la perrera. La despedida en el aeropuerto fue muy fría, casi como si fuéramos desconocidos o se avergonzara de mí.

Todos tenemos una historia inconclusa, esa que en su momento fantaseabas con que pudiera haber ocurrido, pero que no pudo ser. Quizá porque cuando yo estaba dispuesto ella no, o simplemente porque no se podía dar. Eso las hace aún más únicas, porque quedan en el imaginario de cada uno. Supongo que Aitana y yo la imaginábamos de formas muy diferentes. Quizá nunca más haya otra oportunidad para nosotros, de esa manera se convierte nuestra historia inconclusa en algo más íntimo, casi mágico. Los momentos vividos juntos son tan únicos que nadie los podría entender y así es como tiene que ser. Nadie de mi entorno sabe lo que ocurrió, solamente nosotros, las estrellas y las personas con quienes nos cruzamos en aquel viaje que me cambió la vida de alguna forma.

Aprendí a quererme mejor, sin necesidad de intentar llamar la atención constantemente. La realidad es que, aunque queremos estar acompañados, al final solo nos tenemos a nosotros mismos. Cuando nacemos, aunque lo hacemos asistidos de médicos, ya en ese preciso momento en el que pasamos por el trance desde el vientre de nuestra madre al exterior lo hacemos solos. Ni siquiera los gemelos nacen a la vez. Yo no quería sentirme como alguien que necesitara atención constante, que me cuidara, y ella estaba harta de salvar a todo el mundo. Por eso querer más de ella, no sería sano para ninguno de los dos, porque ella lo haría por pena y yo lo haría porque por fin alguien decía que me quería.

Aun así, lo que sentí por Aitana fue auténtico y todavía hoy, cada vez que recuerdo los momentos con ella, siento algo que va mucho más allá de lo real. A su lado me sentí a gusto, como si hubiera encontrado mi segundo lugar en el mundo. El mes que vivimos sin reloj, sin planear nada y dejando que la vida nos trajera las cosas buenas es sin duda el más feliz que recuerdo.

La quise como se quiere a los amores platónicos, a las sirenas si hablamos del mar. Como algo imposible, casi mágico. No guardo rencor por lo que no pudimos ser, sino un profundo cariño y nostalgia por lo que fuimos estando juntos. Fuimos piel con sabor a sal, un par de barcos que se dejaron llevar, fuimos fuego entre las sábanas y magia en Stonehenge, fuimos todo lo que pudimos ser. Exprimimos nuestro momento sin dejarnos nada a medias. Vivimos como unos locos que saben que la vida acaba y saben que será pronto.

Vivir sin pensar más allá de mañana o pasado. Eso fue mi historia con Aitana. Una cúmulo de sensaciones, de impulsos y dejarnos llevar por aquello que nos pedía el cuerpo. Aitana y yo fuimos todo lo que la vida nos tenía reservado y no cambiaría ni un solo instante con ella. Quizás ella fuera un faro en mitad de la noche oscura que iluminó el mar de mi vida durante un rato. Un punto de referencia. Una demostración de que se puede vivir sin contener la respiración y que cuando llenas los pulmones se puede saborear de verdad la libertad, aun estando en tierra firme, por instantes como ese merece la pena vivir.

AITANA

Positivo. Estoy embarazada. Esas dos rayitas me cambian la vida en un instante y no sé qué hacer.

—¿Estás bien? —me pregunta mi padre desde el otro lado de la puerta. No soy capaz de contestar, no me sale la voz, a duras penas consigo contener las lágrimas—. ¿Entro?

Quito el pestillo y al ver a mi padre me agarro de su cuello. Comienzo a llorar como una niña pequeña y sus brazos me parecen puerto seguro. Mi padre me agarra de la espalda y me acaricia el pelo. No consigo articular palabra. Me imaginaba que si algún día llegaba a vivir este momento sería de una forma muy diferente a esta. Tendría que estar contenta y, sin embargo, estoy aterrada.

Las lágrimas continúan saliendo de mis ojos sin ningún permiso.

—Estoy embarazada, papá. ¿Qué voy a hacer ahora? —le pregunto muerta de miedo—. Esto no tenía que ser así. No puedo, no puede ser. No puedo estarlo. No quiero estarlo, papá. ¿Por qué? ¿Por qué me tiene que pasar esto a mí? Encima de Mark, de un hombre al que no sé si voy a volver a ver y que… —me entra un hipido y me limpio los mocos con la muñeca— que no sé nada de él.

—Tranquila, hija, tranquila.

—Eso no me ayuda. —Le doy un puñetazo en el pecho soltando con él mi rabia y me arrepiento. Le pido perdón, me acompaña hasta la cama. —¿Qué puedo hacer ahora?

—Por el momento sentarte en la cama y tratar de tranquilizarte, angustiarte no te viene bien.

Me dejo hacer como si fuera una muñeca de trapo. Se pone en cuclillas, me sostiene la cara con las manos, coge papel higiénico y me limpia las lágrimas. Me fijo en su rostro, está un poco descompuesto y traga con dificultad. Me da agua para ganar tiempo.

—Aitana —dice mi nombre con voz tranquila—. Sé que no he sido el mejor padre del mundo. Tampoco el abuelo que mis nietos se merecen, ni el marido, ni nada, soy un auténtico fraude. Recuerdo que cuando se quedó Malak embarazada de Hana por un momento se me vino el mundo encima. No supe qué hacer, al igual que cuando se quedó embarazada de Ender y de ti.

—¿Y ahora qué hago?

—No lo sé, hija. No puedo ayudarte, ya lo sabes.

—¿Le llamo? ¿Cómo lo hago? —Hipo de nuevo—. Hola Mark, estoy embarazada. Si lo hago así no me va a creer.

—No sé cómo tienes que contárselo, tú lo conoces.

—Es que es muy injusto, porque no quería quedarme embarazada y él tampoco ser padre… Es que encima es un hombre al que se le da incluso mejor que a ti sacarme de mis casillas. —Suelta una risotada que ayuda a desdramatizar la situación—. Es cabezota, creído y majo a la vez que antipático. Es contradictorio. Me desquicia y ahora te juro que lo odio por dejarme embarazada. Es que…

—Bueno, por lo que me cuentas no veo que te forzara.

—¡No lo defiendas, papá! —grito como una niña pequeña—. Estoy embarazada, papá, embarazada. ¿Qué hago ahora?

—No lo sé, estas cosas no se me dan bien. Pero supongo, que lo primero que tienes que hacer es plantearte si quieres o no tener a la criatura.

—Es que no sé qué quiero hacer.

—¿De cuánto estás?

—No lo sé, no lo tengo muy claro. Quiero hablar con mamá —digo con la voz más infantil que me sale.

—Está bien, llamamos a Merche.

—Gracias. —Lo abrazo—. Ahora te entiendo un poco, papá. De repente se me ha venido el mundo encima y me siento muy pequeña. No sé si voy a poder con esto…, con la decisión, con todo lo que se me viene encima.

—Bueno, tranquilízate, que los cambios no son inmediatos. No tienes que decidir ahora nada. Tienes tiempo y seguro que, decidas lo que decidas, harás lo mejor. Desde pequeña has sido una persona muy madura, tienes cabeza y corazón, sabrás tomar la mejor decisión.

—¿Y cómo sabré cuál es la mejor?

—Me temo que para eso no hay manual de instrucciones, pero confía en ti. —Río, mi padre también.

—Ambos sabemos que ese es un consejo de mierda que se suele decir cuando no sabes qué responder —le digo entre risas.

—Bueno, pero al menos te has reído.

Y comienzo a llorar como una magdalena cuando recuerdo a Mark. Malditos recuerdos y malditas hormonas, que llegan sin avisar y me dejan hecha un cóctel de sentimientos sin control. Me odio y odio a Mark, odio al mundo y a la vida, pero a la vez me río. Si faltaba algún ingrediente en mi vida, ha llegado.

Así es como mi padre y yo nos reconciliamos definitivamente, mientras el asunto del embarazo lo dejamos aparcado. Me reencuentro con él, hablamos de nuestras cosas y esta nueva familia disfuncional comienza a moverse de nuevo. Le pido que me guarde el secreto hasta que sepa qué hacer. Cambio de opinión respecto a llamar a mi madre y decido que mejor un poco más tarde. Quiero asimilarlo primero. Luego ya vendrá contárselo a Mark y todo lo demás. Tanto si decido abortar como no hacerlo debe saberlo.

MARK

Cuando no sepas qué camino coger, no la líes y sigue por el mismo hasta que lo adivines. Esa es la opción fácil, puede que incluso sea conformarse. La mía ha sido mitad así, mitad que no he tenido otra opción. Hace tres años firmé un contrato por cuatro temporadas en el Piratas del Mar y aunque hablé con mi jefe, le expliqué la situación y contacté con un abogado, estaba claro. Salvo que no pudiera andar, estaba obligado a enrolarme en la siguiente regata. De nada sirvió que le enseñara los informes médicos de los más prestigiosos del mundo en lesiones como la mía o que la decisión fuera unánime. No importó.

En otra situación, si me llevara bien con mi familia —o mejor dicho, si les importara algo—, les habría pedido ayuda, pero hace tiempo aprendí que la única compañía que tengo es la mía y que no puedo contar con nadie. Aitana se quejaba de que su familia estaba completamente desestructurada, la mía ni existe. La que más pena me da es mi hermanastra, pero es una niña tan repelente y sabionda, que en cuanto habla, se me pasa. Sé que es cruel pensar así de una mocosa, pero es la verdad.

Estas semanas apenas he tenido tiempo de parar ni un segundo. Los escasos cuatro días libres de vacaciones que he tenido en tres meses desde que vine de Reino Unido los he dedicado a dormir, pasar tiempo con George, ver a algunos amigos de la infancia y poco más. No me ha dado tiempo a más, había que preparar la siguiente expedición.

Hoy vuelo de camino a España. De nuevo, me voy a enrolar en el la Spanish World Race que parte, como todos los años, de Alicante. Esta temporada no soy imagen de la campaña, tampoco Aitana. Tengo la sensación de que, después del beso que nos dimos cuando llegamos a puerto no quieren que se desluzca el sentido de la competición. Ahora es Anna, la capitana del Cascada la que es la imagen de la regata. En cuanto a George, este año tampoco iba a participar, pero, una vez más, no ha querido dejarme solo. Dice que quiere protegerme.

El hotel que ha reservado la organización tiene vistas al puerto y desde aquí puedo ver el Piratas del Mar. Noto un cosquilleo en las manos y los brazos. Esa nave se ha convertido en mi castigo y a la vez en mi premio. No quiero dejar de navegar, pero ha llegado el momento de decirle adiós. Este año es el último que estaré a los mandos de él y… por supuesto que sigo sin saber qué hacer después de acabar la competición.

Me voy a dormir y al día siguiente mando un mensaje a Aitana, diciéndole que ya estoy aquí y que quiero verla, si puede. Hablamos de quedar al día siguiente, pero un imprevisto de última hora nos lo impide. Lo mismo ocurre los dos días siguientes.

Sé que se molesta, pero no me dice nada. Parece tan ansiosa como yo por verme y eso me da esperanzas.

La noche anterior la regata es de nervios, de resolver asuntos de última hora y de entrevistas con revistas y medios especializados. Hay cámaras por todas partes que nos graban, pero sería un milagro si salimos más de unos escasos segundos en las televisiones de todo el mundo. La vela es un deporte minoritario que no despierta demasiado interés.

George y yo salimos a dar un paseo por el puerto, le propongo a Aitana que nos veamos, pero me dice que no se encuentra bien. Mañana me promete estar en la salida. «Al menos la veré», pienso.

—Todavía puedes decir que no, Mark. Di que te lo has pensado mejor y que no puedes subirte al barco porque te han dicho que se ha agravado tu lesión o lo que sea.

—George, si no quieres venir no vengas, pero yo tengo que hacerlo.

—Nadie te obliga.

—El dinero lo hace.

—Wallace es un fanfarrón, tiene miedo de quedarse sin su estrella y te necesita. —Le doy un trago al botellín de cerveza que tengo en la mano y dejo que el líquido caiga por mi garganta, será la última que tome en varios meses.

—Ya te conté lo que pasó, viejo amigo, la conversación que tuve con él. Prefiero no arriesgarme.

—¿Qué necesitarías para no enrolarte?

—Que caiga un meteorito encima del barco y no pueda navegar —contesto.

—Eso no va a pasar.

—Por eso nos vamos a subir por última vez, George.

—Eres tozudo.

—Tú me lo enseñaste, amigo.

Apenas falta una hora para partir, ya están todas las provisiones en el barco, revisadas las velas, funcionan todos los sistemas de navegación y de seguridad y solo falta el pistoletazo de salida.

Aitana me dijo que vendría, pero sigue sin aparecer. Levanto la vista y ahí viene, envuelta en un vestido de tirantes largo vaporoso color rosa. Lleva unas cuñas altas y un bolso a juego. Se ha cortado el pelo, ahora apenas le cubre la oreja. Va agarrada del brazo de una amiga y no me ve. También está con ellas su hermano, el que tiene pinta de león de la sabana.

—¡Ait! —la llamo. Ella gira la cabeza, me sonríe y viene hacia a mí. Salto del barco hacia el pantalán y la abrazo. Ella se separa un poco de mí—. ¡Qué alegría verte! Pensaba que no ibas a venir.

—Tenía que hacerlo. —Sonríe y veo en ella la misma chica que tres meses atrás me miraba y me hacía vibrar—. Te veo bien, Mark. Estás muy… contento.

—Bueno, más bien nervioso, pero sí.

—Siento no haber podido venir antes —dice.

—No pasa nada.

—Gracias. Mark, quiero hablar contigo. ¿Podemos quedarnos un segundo a solas? En algún lado donde podamos estar tranquilos.

—Es difícil, pero ven.

La agarro de la mano y volvemos a ser los mismos que hace unos meses, cuando anduvimos por Stonehenge y el resto de nuestro viaje. Nos agarrábamos de la mano sin ninguna razón y eso vuelve a despertar en mí un cosquilleo que me recorre entero. Es algo que tendré que pensar en los próximos meses en el barco. Vamos a un pequeño puesto algo apartado de la organización. Le tiemblan las manos y desvía la mirada. No es capaz de hablar, pero se la nota ansiosa. Nos sentamos en dos sillas altas.

—¿Quieres agua?

—Por favor. Espera, no te vayas… —Oigo que dice a mi espalda.

—No tardo —le digo.

Pero no pasa eso, por el camino me interceptan y me entretienen con asuntos de última hora. Apenas quedan apenas quince minutos para que empiece la regata.

—Pensaba que ya no vendrías —dice cuando, al fin, regreso.

—Sí, no podía dejarte aquí.

—Mark, tengo que contarte algo muy importante.

—Dime, me estás asustando.

—No es para menos. ¿Te acuerdas de Stonehenge? —Asiento con la barbilla—. Más bien de lo que ocurrió allí…

—Desde luego, no podría olvidarlo.

—¡Mark! ¡Al barco ya! —me dice mi jefe.

—Es solo un segundo.

—No, ¡ya!

Aitana me agarra de la mano.

—Esto es muy importante.

—Lo siento, tendrá que esperar.

Me despido de ella con un beso en la mejilla y se queda inmóvil. Noto su frialdad, pero no puedo hacer nada, he de irme.

Nos vamos a nuestros puestos y me pongo en la rueda del barco. Soltamos amarres, pero veo a Aitana andar deprisa en el muelle, me intenta decir algo. Tiene un papel en la mano y le pido que lo meta en una botella y lo tire. Me hace caso y cae dentro del barco justo cuando arrancamos motores. Quiero cogerla, pero está muy lejos de mi alcance y nadie puede pasármela. Tampoco puedo acercarme, estos momentos son cruciales para posicionarnos bien o después será más difícil.

Miro hacia atrás y veo Aitana cada vez más lejos. Por un momento la intuyo decir que es muy importante.

Ahora tenemos que concentrarnos y no podemos fallar. Eso en teoría, pero la realidad es que la espalda me empieza a molestar y que la botella, la maldita botella, no deja de mirarme desde ahí. Un compañero pasa y le da con el pie, así que la pierdo de vista; temo que haya caído al agua. No puedo ir a buscarla, lo haré en el siguiente descanso. Intento concentrarme pensando en que seguro que no es de vida o muerte, seguramente será un recuerdo que Aitana quisiera enviarme porque llevamos meses sin poder hablar.

Las semanas transcurren a bordo del barco. Por más que busqué la botella, no la llegué a encontrar. Pensé en preguntar a mis compañeros, pero me sentía ridículo solo con pensarlo, así que opté por olvidar el asunto.

Lo que no se me olvidan son los dolores de espalda. Cada vez son más agudos, llevándome en algunos momentos a no poderme mover. Todos han visto que me tengo que vendar la espalda para poder aguantar muchas horas en la rueda y que cada vez hago más estiramientos para no perjudicarla más.

Entro al camarote y sobre la cama de Phil veo la botella que perdí en Alicante. Me enfurezco al verla y se la arrebato en un acto impulsivo.

—Phil, ¿desde cuándo tienes esta botella? Llevaba buscándola semanas.

—Ah, ¿era tuya?

—Sí.

—La recogí en Alicante, estaba a punto de caer al mar. Al ver que nadie la reclamaba ni preguntaba por ella, tenía pensado tirarla en la siguiente parada que hagamos. ¿Es importante?

—No lo sé —respondo. Me da una palmada en el hombro.

—No he leído lo que pone, pero si lleva tantas semanas aquí deberías abrirla por si acaso.

—Eso haré, gracias.

Cuando me quedo solo la abro. Lo que hay dentro es una servilleta de papel doblada y con una hoja rígida detrás.

«Hola, Mark.

No esperaba tener que contarte así esta noticia, pero al final no ha habido otra opción. Quería hacerlo mirándonos a la cara, al menos por videollamada, pero ha sido imposible.

Antes de que sigas leyendo, quiero pedirte perdón. Todo esto ha sido culpa mía. Solía utilizar parches anticonceptivos, pero en Southampton no encontré ningún lugar donde pudiera comprarlos y después simplemente me olvidé de que ya no estaba protegida. Sé que, aunque solamente fue una vez, en Stonehenge cuando no tomamos precauciones, solo pudo ser ese día. Parece mentira cómo solamente una vez puede cambiar tanto la vida: estoy embarazada.

Cuando me enteré el suelo se abrió bajo mis pies. No me lo esperaba y fue como detonar una bomba, otra más en mi vida, solo que de esta era yo la responsable. No te voy a engañar, dudé si abortar o no. Me informé y hablé con una clínica. Durante semanas quise hablar contigo, preguntarte qué querías que hiciésemos porque, aunque era a mí a la que iban a practicar el aborto, tenías que saberlo, tú también tenías mucho que decir. Pero, sin darme cuenta, empecé a querer a nuestro bebé como algo instintivo en cuanto vi las dos rayitas en el test.

Entiendo que te cueste asimilar esta noticia. Al fin y al cabo, no nos conocemos demasiado y puedes pensar miles de cosas de mí. Por eso no habrá por mi parte reproches, tomes la decisión que tomes, si estar presente en la vida de esta criatura o no. No me opondré a que le hagas una prueba de paternidad. En el caso de que no quieras formar parte de esta familia no te lo echaré en cara jamás, pero el bebé no sabrá de tu existencia ni aun cuando crezca. Te prometo que esto no es un chantaje, es una decisión que tomo por quien está formándose en mi interior.

Antes de despedirme y de que tires o guardes esta carta, quiero que veas el papel que hay detrás. Es una ecografía, él o ella está bien y yo voy asumiendo todos los cambios. Ojalá siga así el resto del embarazo.

Intenté buscarle una explicación razonable a mi despiste, a mi falta de precauciones y a mi mala cabeza. Me esforcé en encontrarla, pero no la hay, solo que ese día me dejé llevar por el momento, así que supongo que la culpa es de los vientos alisios de mi vida. Ellos querían que llegara a este puerto del que no conozco nada, pero al que creo que me adaptaré.

Un abrazo muy fuerte, Ait.

Me llevo la carta al pecho y me dejo caer para atrás. Voy a la sala donde están el ordenador, que va indicando las coordenadas, el tiempo, y el teléfono vía satélite, pero ahora este lugar, al que tantas veces tengo que venir, lo utilizo para estar solo. Dejo aflorar mis emociones, mordiéndome el puño para no hacer ruido. Las lágrimas me salen de los ojos, no sé si de alegría, pena, frustración, vértigo o todo a la vez. Veo por primera vez la ecografía de mi retoño; ahí está, una mancha blanca delimitada por un fondo oscuro. Solo se distingue la cabeza y una tripa muy grande, las extremidades aún sin definir. Es una contradicción en sí mismo, es como un extraterrestre diminuto con el que siento una conexión gigantesca. Observo sus formas y no dudo que es la mancha más bonita que he visto nunca.

Qué extraño todo. Mi vida tan desarraigada y yo enterándome de que voy a ser padre en mitad del inmenso océano, que me parece más hostil que nunca, rodeado de compañeros que ahora siento a miles de kilómetros.

En ese momento me cruza otro pensamiento fugaz. ¿Por qué creerla? No me lo podría haber dicho antes de otra forma? ¿Por mensaje, quizás? ¿Y si es de otro y ese otro no ha querido responsabilizarse?

¿De verdad es mío?

Me planteo muchas hipótesis, dejo que fluyan los pensamientos. Releo las líneas de la carta y miro la ecografía. El bebé existe.

George entra en ese momento como si fuera una señal.

—Te estaba buscando —me dice—. Me preocupaste, pensaba que te había pasado algo, nadie te veía.

—Estoy bien, George, gracias. Bueno, en realidad no lo estoy. —Le tiendo la ecografía y la coge frunciendo el ceño.

—¿Qué es?

—Según su madre, mi bebé. —Mi viejo amigo abre mucho los ojos. Baja la vista hasta la ecografía luego me mira a mí. De nuevo, alternativamente y a continuación a la fotografía.

—¿Qué dices, Mark? ¿Quién? ¿Cuándo? ¿Cómo?

—Lo de cómo creo que te lo puedes imaginar, así que me saltaré los detalles. La ecografía es de Aitana y, según dice, se quedó embarazada en nuestro viaje por Inglaterra. Al parecer me fui siguiendo los pasos de mi abuelo y volví con una criatura de regalo.

—Eso no puede ser, Mark, tú… Pero ¿es que no sabes a tu edad que hay que tener cuidado?

—Lo sé, pero… No sé, en ese momento me dejé llevar por el lugar, el solsticio, la conversación, nuestros brazos la música a lo lejos…

—Para, para, no hace falta que me des más datos. —;mi viejo amigo baja de nuevo la vista a la ecografía y me dice sin rodeos—: ¿Y si no es tuyo? ¿Y si es de otro? ¿La ves capaz de engañarte?

—Honestamente, no lo sé. No lo creo. Ella es la que estaba más despegada de los dos, la que me rehuía todo el tiempo, la que me dejaba acercarme a ella solo cuando quería…

—Tienes que hablar con ella.

—Voy a llamarla.

Busco su número en mi teléfono. Me tiemblan las manos y no sé qué voy a decirle. Estoy a punto de enfrentarme a una conversación que sé que me cambiará la vida y me asusta. No sé cómo va a reaccionar, cómo lo voy a hacer yo. Pospongo esa tarea para otro momento, creo que no hará falta. Me extraña pensar que Aitana pudiera querer engañarme, nunca lo ha hecho. No tengo un gran capital y soy más bien una fuente de problemas. Nadie en su sano juicio querría estar conmigo, mucho menos tener descendencia.

Repaso con la yema de los dedos la figura en la que está el que puede ser mi hijo o mi hija y pienso que a estas alturas ya tendrá más forma. Quizá se le vean los dedos o la nariz…, y yo estoy aquí, asustado. Releo las letras de Aitana: «En el caso de que no quieras formar parte de esta familia no te lo echaré en cara jamás, pero el bebé no sabrá de tu existencia ni aun cuando crezca». Creo que entiendo por qué lo dice, la historia de su familia no es sencilla.

Este par de hojas me cambian la vida y me despiertan su recuerdo, toda nuestra historia. Lo que pensé en aquella primera sesión de fotos en la que la vi sentada en una silla delante de un espejo mientras la maquillaban y peinaban. El fogonazo en la espina dorsal que sentí cuando me acarició la nuca posando; también cuando me dijo que simplemente pensara que estábamos solos para que no estuviera tan tenso en esa primera sesión. Recuerdo esos instantes al igual que el resto de nuestra historia y no puedo evitar reírme al imaginar lo que debió de pensar cuando se enteró de que estaba embarazada del «marinerito perdonavidas trasnochado», como me llama ella.

Recuerdo también nuestro viaje de cuatro semanas, que tan pronto dormimos en hoteles de cinco estrellas como en la pensión más vieja destartalada que encontramos en nuestro paso por Plaitford hacia Stonehenge. Y cómo después de ese día nos juramos el uno al otro dormir en el suelo en el caso de que cualquier otro colchón fuera tan duro como aquel. Y también las veces que nos agarramos de la mano en cuanto había una excusa para ello, o la forma en la que las suyas me protegían la espalda, ajustando con todas sus fuerzas las vendas que se empeñó en que tenía que llevar sí o sí. O mejor, cuando me agarraban con fuerza cuando teníamos sexo.

La echo insoportablemente de menos y me doy cuenta ahora, en el momento más inoportuno. Quizás algo tan fuerte como este ser vivo sin forma sea aquello que necesitaba para sacar valor y poder enfrentarme a todo.

Ya no tiene sentido estar aquí, me tengo que ir.

George que se había marchado vuelve a donde estoy al ver que no me he movido ni he llamado por teléfono.

—¿Te acuerdas de que me preguntaste qué necesitaba para no seguir adelante con la regata, no? —le pregunto.

—Sí, respondiste algo así como que necesitabas que cayera un meteorito que destruyera el barco.

—Eso es. —Mi amigo me mira con cara de satisfacción—. Y al final ha caído. Ya me da igual todo, las consecuencias, el éxito, la fama… ¿De qué me sirve todo eso si no voy a estar con mi retoño?

—De nada, Mark, de nada.

Se deja de formalidades y me abraza con muchísima fuerza que acompaña con un beso en el pelo en un gesto paternal. Estoy feliz, asustado, emocionado…, todo a la vez. Me siento con una fuerza que no sabía que tenía.

—No sabes lo que me alegra escuchar eso, Mark.

—Creo que sí que lo sé.

—No, no lo sabes. Tu abuelo estaría inmensamente orgulloso de ti, y yo lo estoy también.

—Si no es verdad que es mío, pues ya veré qué hago con mi vida, pero se acabó, George. No quiero más esta vida, ni luchar por el sueño que mi espalda no me va a permitir cumplir. Quiero empezar de cero, quiero...

—Me parece muy bien todo eso, pero antes estoy en la obligación de recordarte algo. ¿Eres consciente de que muy probablemente el Piratas del Mar pierda la regata? Has estado luchando por esto durante años —me pregunta de nuevo para cerciorarse de que no es una decisión impulsiva.

—El viento ha rolado en otro sentido.

—¿Y qué vamos a hacer?

—Me voy a tirar al agua, pero tú te quedas.

—¿¡Qué!?

—Lo que oyes.

—Mark, estamos llegando a Ciudad del Cabo en diciembre, es una locura.

—Pero estamos cerca de la costa.

—¿Y qué tiene que ver eso?

—Tengo más miedo a no ver nacer al bebé que al agua fría y a lo demás.

—Tiene que haber otra solución, Mark.

—No la hay.

George me mira y se muerde los labios mientras niega con la cabeza. Sé que hacer esto es una auténtica locura, pero no veo otra solución posible. Es eso o esperar otros seis meses más. Pronto nos adentraremos en el Océano Índico y no puedo dejar en la estacada al equipo a mitad de la competición ni quiero llegar cuando el bebé ya haya nacido. No quiero perderme nada más de su vida intrauterina. Quiero estar con él y proteger a su madre. Mi vida acaba de encontrar un sentido mucho más grande que cualquier objetivo profesional.

George resopla.

—Me tiro contigo.

—Estás loco, George, eres el alma del equipo.

—No, solo soy un viejo chaveta que conoce el mar algo mejor que los demás.

—Eres mucho más que eso.

—Mark, este viaje lo inicié por ti, y si tú te vas yo también.

—Me da miedo que te pase algo, viejo lobo de mar —le digo, rememorando la frase que pronunció él por primera vez, en la primera clase que me dio en Sídney Harbour y cuando a punto estuvo de partirse la espalda por mi culpa.

—Y a mí que te pase algo, pequeño grumete —contesta. Al igual que aquella vez, me revuelve el pelo y yo le vuelvo a sonreír, como en aquel entonces en el que tenía la boca llena de agujeros.

—Ya nos inventaremos algo. Tú tienes la excusa de la edad y yo la de la espalda.

—Y si no se lo creen, que no lo hagan.

Nos abrazamos fuertemente y miramos la ecografía, tratando de adivinar si es niño o niña, o cómo se va a llamar.

Estamos un rato planificando a dónde lo llevaremos cuando nazca y debatimos la edad a la que podrá salir a navegar solo por primera vez. Imaginamos un futuro en el que en todas las imágenes veo a Aitana con nosotros y eso me llena de una energía hasta ahora desconocida.

Guardo la ecografía en la botella junto con la carta de Aitana, y George se cerciora de que quede bien impermeabilizada para que no se estropee cuando saltemos al mar.

El momento de abandonar el barco llega cuatro días después. Solo hay una oportunidad y tenemos que aprovecharla en nuestro descanso. Llevo la botella bien ajustada al cuerpo desde hace varias horas. Por un momento me asaltan las dudas. Como le pase algo a George no me lo perdonaré en el resto de vida que me quede. Él me asegura que no sucederá nada. Los nervios se me acumulan en el estómago, me tiemblan las manos. Pero entonces me acuerdo de Aitana y de la ecografía. No lo hago por mí, lo hago por ellos. Por la posibilidad de poder estar cerca de mi criatura, porque, aunque dudo, algo me dice que sí, que ese bebé es mío.

George y yo llevamos la pulsera antitiburones. Servirá para repelerlos si se acercan una vez saltemos al agua. En esta zona la organización deja llevarla por el riesgo que hay de caída al mar. El momento llega cuando vemos que está la lancha lo suficientemente cerca como para un rescate, pero tan lejos como para que no sospechen nada. George finge una caída de espaldas y yo me tiro a rescatarlo.

14
CAMBIOS QUE ASUSTAN

AITANA

Tras un primer trimestre de embarazo fatal, ahora me encuentro mejor. Eso sí, me siento gorda como una ballena. Fue muy difícil asumir que estaba embarazada, los fantasmas de mi familia desestructurada me crearon aún más miedos. No sabía cómo se lo iban a tomar. Y a mí me costó digerir que mi carrera como actriz tendría que dar un parón. Por un lado fue un alivio, en parte era lo que llevaba años buscando, pero por otro, la causa me aterraba. De hecho, si lo pienso más de dos segundos me sigue dando miedo. No le mentí a Mark, dudé si seguir o no adelante con el embarazo. No es que las palabras de mi padre no me ayudaran, pero es que no son lo mismo que las de una mujer, y más si se trata de tu madre. Porque sí, Merche es mi madre, aunque Malak esté en mi vida.

Hablar con ella me sirvió para templar los nervios. Me dijo que eligiera lo que eligiera estaría bien, que tenía que tomar una decisión, y que ella la respetaría siempre. Y que por supuesto podría contar con ella para todo. Me explicó que tener un hijo es la decisión más importante de una vida —al menos así lo fue para ella—, y no es algo que pueda tomarse a la ligera.

Con la maternidad iba a ganar amor infinito y el mayor motivo por el que luchar, pero es algo que también tiene sus cosas malas. El parto y postparto son duros, no dormir también y educar es una tarea muy complicada, y más si al final no podía contar con Mark. No es que se necesite al padre del bebé para salir adelante, pero el día a día es más fácil entre dos según su opinión.

Así iban pasando los días, debatiéndome entre si seguir o no adelante creando vida en mis entrañas. Y sin darme cuenta me iba acariciando la barriga, me fijaba en ropa de bebé y salió un instinto en mí que no sabía que tenía. Entre tanto, Clara también dio la noticia de su embarazo y de repente me imaginé con mi gominola —es así como le llamo hasta que no sepa su sexo— y en la primera ecografía me enamoré de esa forma extraña que crecía dentro de mí. Lloré como una niña y sentí unas ganas tremendas de abrazar a esa criatura, de tenerla entre mis brazos y de recorrer su cuerpo a besos.

Y mientras todo eso ocurría en mi mente, las cosas en mi familia se estabilizaron. Papá y Ender no son el padre y el hijo perfectos, pero se toleran, cada uno ha asumido un rol en la familia y parecen respetarse. A veces es complicado quedar con los dos, pero suelo camelarlos para que las quedadas familiares sean más o menos pacíficas. Ese parece que sigue siendo mi rol, el de pegamento. Hay cosas que no cambian, por mucho que te hayas perdido en el mar, hayas salido huyendo un mes con casi un desconocido y te hayas quedado embarazada de él. Con Malak y Hana hablo mucho y sigo mimando, aunque ahora a distancia, también a Sergio.

Hace poco me mudé a Southampton. He empezado a arreglar la casa por la que pasé con Mark durante nuestro viaje y que vendían para convertirla en un hogar. La estoy reformando entera, aprovechando que me puedo mover y que lo que noto en el estómago aún son como pececitos, aunque estoy a punto de entrar en el tercer trimestre y al parecer el asunto cambia.

Mi familia me dice que estoy loca por querer mudarme a Southampton , pero es que cuando decidí seguir adelante con el embarazo me envalentoné y creí que era el momento para redecorar mi vida. En un impulso busqué agencias por internet hasta que encontré la casa. Me explicaron las condiciones y la reservé, no miré demasiado, sabía que este era *el lugar*, pero antes volví a verla. Cuando lo hice sentí de nuevo esa paz de la otra vez y me dio igual cuánta reforma necesitase, este lugar tenía que ser mío. Así que aquí me vine, a revisar como iban las reformas y se van turnando mis padres, Sergio, Ender y Malak para visitarme y hacerme compañía. La única que no ha venido todavía ha sido Hana, y porque hasta ahora no ha coincidido, pero auguro que pronto se pasará por aquí.

Por supuesto, todos han opinado sobre qué tengo que poner, quitar, se han hartado a darme ideas. No les estoy haciendo caso en casi nada. Hay veces que me llevo las manos a la cabeza y preferiría tener una familia en la que opinasen menos, pero es lo que tiene ser tan multiculturales y tan tribu. Otra cosa no, pero confianza han cogido rápido. Son un poco intensos —mejor dicho, pesados—, pero no me enfado, sé que lo hacen por mi bien. Sin embargo, necesito mi paz y mi tranquilidad, poner tierra de por medio es lo que me va bien. Es la mejor decisión.

La parte de abajo de la casa está ya lista, por lo que aprovecho a tomarme una infusión a los pies de la chimenea mientras me relajo leyendo un nuevo libro, otro más, sobre el embarazo y el parto. El día ha sido agotador y me quedo dormida con el crepitar del fuego quemando la leña.

Me despierto con un golpeteo de nudillos en la puerta. Al principio creo que es la lluvia, pero el cielo parece despejado. Me arrebujo una manta a los hombros y voy a abrir. Al ver quién está al otro lado de la puerta casi me da un paro cardiaco.

—Hola, Aitana. —Miro los ojos color azules de Mark y me quedo paralizada. Había imaginado cientos de veces este momento, pero nunca así. No en invierno, no con este frío, no aquí—. ¿Ait?

—Eh…, ¿a qué has venido? —pregunto al ver que lleva una mochila de montañero llena.

—A hablar contigo.

—Vayamos a dar un paseo.

—Aitana, en tu estado no creo que te venga bien andar con este frío —dice.

—Vaya, ahora te preocupas… ¿Sabes que has tenido tres meses para hacerlo? Exactamente desde que te lancé la botella al barco

—No supe que estabas embarazada hasta hace una semana. He venido lo más rápido que he podido.

Me deja con la palabra en la boca. Su cuerpo, sus gestos y su seguridad destilan verdad. Pero no estoy segura, a lo mejor ha estado pensándoselo durante todos estos meses.

Supe que se había caído al mar. Absurdamente, durante estas semanas he estado pendiente de la regata y le hablaba a mi tripa, diciéndole a mi gominola, que sospecho que es niño, que ahí estaba su papá. Luego me echaba a llorar y al día siguiente otra vez igual. Ahora, Mark está delante de mí y yo dudo si dejarle pasar o no. Una patada de mi pequeño me quita la incertidumbre, aunque se podría interpretar en el sentido contrario.

—Está bien, pasa.

Me tapo más de nuevo en la manta, como si fuera un escudo protector, y cierro la puerta a su espalda. Le pido que pase al salón y mira todo el espacio con atención.

—Tenéis una casa muy bonita —observa. Entrecierro entre el ceño y cuando me mira la tripa, caigo en la cuenta de que se refiere al bebé y a mí.

—Gracias. ¿Quieres algo de tomar? —Voy hacia la barra que comunica la cocina con el salón.

—¿Tienes un *whisky*?

—¿Desde cuándo bebes?

—Solo en momentos especiales, y estar aquí lo es.

—Mark, te lo advierto desde ya. No sé a qué has venido ni con que intenciones, pero mi bebé no va a estar en contacto con su padre si tiene problemas con el alcohol. Va a vivir en un entorno seguro.

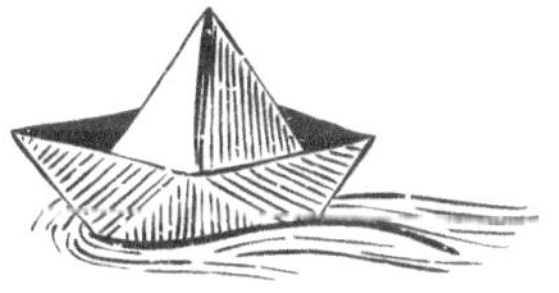

MARK

Al principio creo que lo dice de broma. Pero lo dice con esa determinación tan suya, tan de quien ha estado acostumbrada a mandar y cuidar con un deje altivo…, que veo que no, que está hablando en serio. Y pienso que mi retoño tiene mucha suerte por tener una madre así

—Aitana, no tengo problemas con el alcohol. Solo me has ofrecido algo de beber y yo te he pedido una copa, pero tranquila, que un vaso de agua está bien. —Lágrimas comienzan a brotar de sus ojos sin ninguna explicación. Me quedo bloqueado, sin saber qué hacer y comienza a hipar.

—Las hormonas…, que me tienen todo el rato así… —dice sin parar de sollozar—. ¿A qué has venido Mark?

—A hablar contigo.

—¿Y si yo no quiero? —pregunta.

—Tendremos que hacerlo, nos debemos muchas explicaciones el uno al otro.

Me queman los brazos, quiero rodearle el cuerpo con ellos y aspirar su olor como hacía cuando la tenía cerca, pero no sé si es buena idea. No me ha dado una cálida bienvenida precisamente. Le tiembla todo el cuerpo, así que dejo mis dudas atrás y voy a ello.

—¡Ni se te ocurra! No te acerques, Mark. Hace tres meses que te mandé el mensaje en la botella, como me pediste que hiciera, y no has aparecido por aquí hasta hoy. Has tenido tiempo más que suficiente para pensártelo.

—Ya te lo he dicho. No lo he sabido hasta hace una semana, Aitana. —Ante mis palabras deja de llorar, como si hubiera sido una fuente cuyo grifo se ha cerrado.

Le cuento todo lo ocurrido y me mira con suspicacia, no me cree y no la culpo. Parece un cuento que me he inventado. Pero también es normal que yo tenga mis dudas, ínfimas, pero ahí están, de si soy yo o no el padre. Aun así, aunque yo no lo fuera, siento que debo estar aquí, que por el momento este es mi lugar.

—He sufrido mucho, Mark. Primero con las dudas de qué hacer, si abortar o no. —Me revuelvo en el sofá, ¿cómo se pudo plantear matar a nuestro hijo?—. Luego con las molestias y un largo etcétera que no te quiero contar.

—Ait, tenemos mucho tiempo. No te dejes ni un detalle sin contarme. Quiero conocer todo lo que has pasado en estos meses para ser de alguna manera parte de ellos. Y, antes de que digas nada, te pido perdón por mis errores, por no haber hablado contigo antes de coger el barco, por no haber buscado esa botella más en profundidad, pero de haber sabido que estabas embarazada de mi hijo, nunca me habría subido de nuevo en el Piratas del Mar.

—¿Ahora es culpa mía? Creo que el bebé es lo suficientemente importante como para que te contara que estaba gestándose de una manera adecuada y no como si quisiera preguntarte cualquier tontería. Aunque para ti lo sea, para mí esta criatura ahora es el centro de mi vida.

—Y yo también quiero que sea el centro de la mía.

—¡Pero es mi hijo!

—¡También el mío! ¿O es que todavía te crees el cuento de la paloma? Porque ni yo soy Dios, ni tú la virgen María, Aitana.

—¡Fuera! ¡Fuera de mi casa, Mark!

Se dobla sobre las rodillas y se agarra la tripa, deja de respirar y me asusto. Tomo la iniciativa.

—Te llevo al hospital.

Y me parece estar viviendo una película de ciencia ficción, no puede ser que por esta tontería le pase algo a Aitana o al bebé.

AITANA

—No hace falta, estoy bien.

—Aitana, no.

—Mark, sí.

—¿Te acuerdas de lo que me dijiste cuando te enteraste de lo de mi espalda? —me pregunta.

—No.

—Me dijiste que te dejara cuidarme. Eso es lo que he venido a hacer yo. A cuidaros y a estar contigo hasta que nazca el bebé. Y ahora, quieras o no, nos vamos al hospital. ¿Tienes coche?

Le señalo las llaves que están en la entrada, justo al lado del perchero. Al mudarme pensé que tener coche me sería útil, para desplazarme. Si finalmente me establezco aquí tendré que llevar el niño a la guardería, al médico… En fin, que me será útil.

Me encuentro mejor, pero sé que Mark se sentirá más tranquilo si nos dicen que todo está bien y yo también. Ha sido un pinchazo en el estómago que me ha dejado sin respiración. En otra ocasión habría llamado al hospital sin más, pero ahora… Si me hacen una ecografía veré a mi pequeño y eso es lo más adictivo que me ha pasado nunca.

Me paso horas viéndolas todas, desde la primera hasta la última. Saber que llevo una vida que está creciendo dentro de mí y que podré, con ayuda de los médicos, traerla al mundo me hace sentir poderosa y vulnerable a la vez. Y las dudas muchas veces me hacen llorar sin sentido. Aun así, ser madre no me hace sentirme ni mejor ni superior a ninguna otra mujer. Cada una de nosotras es fuerte, valiente y poderosa, independientemente de si decidimos que nuestra estirpe continúe o no.

Yo tenía clarísimo que no quería ser madre y por un accidente totalmente inesperado estoy aquí, con un dolor de tripa que ya ha remitido, en el asiento del copiloto de un coche desvencijado, mientras el padre de la criatura se empieza a comportar como lo que va a ser. Pero no sé si cuando el viento role en otra dirección seguirá aquí o cambiará de rumbo.

Tras llegar al hospital, lo primero que me hacen es una eco. Mark está conmigo y me agarra de la mano. Está de pie esperando a que me pongan el gel por la tripa. Una vez hecho, la doctora comienza a pasar el ecógrafo ejerciendo cierta presión, tampoco demasiada.

—¿Ese es mi bebé? —pregunta Mark mientras el agua salada comienza a desparramarse por sus ojos.

—Es el nuestro.

Me coge de las mejillas y me da un beso totalmente inesperado. Como todos los anteriores. Me resisto, pero el sabor de sus labios me hace sentir aliviada e instintivamente le abrazo. Ya habrá tiempo para arrepentimientos más tarde.

El beso es corto, pero intenso. Recupero mi dignidad.

—Eres un marinerito perdonavidas trasnochado y robabesos.

—Y tú una sirena de tierra firme que nunca se resiste a ellos. Ya ves que la tradición continúa.

Y me enfurezco, como todas las veces anteriores, pero a la vez me hace gracia, porque las cosas con Mark parece que nunca cambian y es bueno y malo a la vez. El carraspeo de garganta de la doctora nos hace salir de nuestra burbuja un poco infantiloide, al menos por mi parte.

—Perdone —se disculpa Mark.

—Por cierto, Aitana, no sé si lo sabíais, pero es niño —dice la doctora.

—No sé por qué, pero lo intuía.

A Mark se le ilumina todavía más la cara y comienza a preguntarle todas aquellas cosas que se perdió durante las semanas en las que estuvo ausente. Jamás le había visto tan hablador. Está eufórico, se le nota y mi corazón se acelera con sus nervios, porque me hace tener esperanza de que quizá no se vaya y podamos criar a nuestro pequeño, aunque no sea juntos. Si decide quedarse en nuestra vida yo me sentiré más aliviada; me da miedo el después, la verdad.

Esa noche me dejan en observación por precaución, aunque en principio todo está bien. Le digo a Mark que se puede marchar a mi casa, que sé que estará cansado del viaje, pero decide quedarse a dormir en una silla que parece de todo menos cómoda.

Desde la cama miro su silueta iluminada por la luna y farola cercana.

—Buenas noches… —«marinerito perdonavidas trasnochado». Eso último lo pienso, pero no se lo digo.

—Buenas noches —responde él mientras creo oír un «mi sirena de tierra firme».

Con lo que no contaba era con que, usando el embarazo como excusa, Mark decidió no solo que se quedaría en mi casa, sino que dormiría en la que será mi habitación cuando las reformas terminen en la planta superior. Sin darme cuenta, empezó a hablar con los obreros y a dirigir como si fuera quien manda. Mis principios feministas se vieron gravemente insultados al principio. Estar embarazada no me incapacita para nada y ser mujer me valida tanto como a él, pero sí que es cierto que los médicos me habían prescrito reposo, descansar y estar tranquila. Por eso, muy a regañadientes pierdo el control diario de lo que ocurre en la parte de arriba de mi casa. Para ser sincera, no sabía que había ciertas tareas que me costarían tanto. Las decisiones importantes la he seguido tomando yo y eso no está en discusión.

En estas semanas, he podido dedicarme a otras cosas: a descansar mucho, a leer, pasear, cuidar de mi pequeño y a esculpir. Mark se hace un hueco en mi vida de forma natural, como si llevara aquí desde siempre y las dudas por no saber cuáles son sus planes de futuro comienzan a asaltarme a la velocidad que crece mi tripa. Y me da miedo sacar el tema por temor a la respuesta.

Duermo cada vez peor, pero esta noche he tenido una pesadilla. No recuerdo con qué soñaba, pero la realidad es que me desperté en mitad de la noche empapada en sudor. Me intenté dormir otra vez al ver que estaba bien, pero al levantarme esta mañana tenía la certeza de que algo malo iba a pasar.

La rutina es la misma de todas las mañanas, Mark se despierta, prepara el desayuno y cuando está todo listo viene a la habitación, me da un beso en la mejilla y le da otro a mi tripa. Nuestro pequeño, que, por cierto, sigue sin nombre, a veces se mueve y otras pasa de su padre.

Eso es cariño, tú a tu bola, así me gusta.

La relación con Mark es extraña, tengo muchas ganas de tener sexo con él, pero a la vez no sé en qué punto estamos. Me queman los brazos cuando no bajo más allá de su cintura al tocarle y me he prohibido verle sin camiseta, mis hormonas se disparan y quieren que solucione el asunto. Lo que es lógico porque —y sé que esto va a sonar monjil, pero es lo que hay— llevo desde la última vez que tuve sexo con Mark sin que nadie explore mi feminidad. Como sigamos así voy a exigirle un polvo terapéutico.

Hecho este pequeño y desesperado inciso. A eso de las diez de la mañana suena el timbre, abro y mi primer pensamiento es que Mark se ha teñido el pelo de gris y me está gastando una broma.

—Hola, soy Joseph —dice el hombre que hay en la puerta con una voz aguda.

—El padre de Mark —balbuceo, todavía impresionada por verle al otro lado.

—Sí, y tú debes ser *Aitena*. —Otro que me llama mal, voy a acabar cogiendo manía a mi nombre, a este paso.

—Sí, soy Aitana. Pase, pase.

Mark baja corriendo los últimos escalones.

—Ait, ¿para qué te molestas? Ya bajaba yo a… abrir.

Se queda petrificado en medio del recibidor. Escruta a su padre y este lo mira ojeroso y nervioso. Entiendo que no tengo nada que hacer aquí, que es evidente que tienen que hablar, y me marcho a hacer cualquier otra cosa.

MARK

Ait se marcha y no sé qué hacer, si dejarle pasar o decirle a mi padre que vuelva por donde ha venido. Las veces que le ha dado por aparecer siempre ha desestabilizado mucho mi vida y nunca con algo bueno para mí. Siempre ha sido para reprocharme que no trabajo en su empresa y que tengo que hacerlo, que si no seré siempre un muerto de hambre. La última vez que lo vi y me dijo eso fue el primer año que llevé al Piratas del Mar al podio de la competición, así que si está aquí seguro que es algo de eso. El impulso es decirle que no me interesa nada de lo que me tenga que contar. Sin embargo, de mis labios salen las palabras contrarias.

Cierro la puerta a su espalda y le digo que se siente en el sofá. Le pongo un vaso de agua fría sobre la mesa baja enfrente de él sin preguntar. Es capaz de beber un *whisky* a cualquier hora, pero no quiero hacerle sentir a gusto, sino incómodo, así se marchará antes.

—Gracias —dice para mi sorpresa y saca un bote de pastillas que se las mete en la boca.

—Para la ansiedad.

—Para mi cáncer —responde sin titubear. En ese momento se abre el suelo a mis pies.

—Creo que no he oído bien

—Te he dicho que estas pastillas son para mi cáncer, que es terminal y me estoy muriendo.

Pronuncia las palabras sin anestesia y me parece que estoy viviendo en dos mundos paralelos.

—¿Qué dices, Joseph?

—Lo que has oído. No quiero repetírtelo.

Me dejo caer en el sofá y me llevo las manos a la frente para intentar procesar la información. Esa palabra que tanto pánico me ha dado siempre ha aparecido en mi vida. Más que por la palabra en sí, «cáncer», la que me asusta es la que le acompaña: «terminal». Lo miro a los ojos y no me lo puedo creer, se está muriendo cuando yo le veo como siempre. Ni ha perdido peso, ni en su cara hay signo alguno. Tiene alguna arruga más, pero por el paso del tiempo. Me parece mentira, no le creo, quizás sea alguna treta, a saber con qué fin.

—¿A qué has venido? —le pregunto—. ¿A contármelo en persona?

—Si te daba la noticia por teléfono sabía que no me creerías.

—Y no lo hago —respondo.

—Me lo imaginaba, yo tampoco me creería.

Le observo detenidamente, me tomo mi tiempo, calculo las palabras y sigo respirando, a pesar de que creo que me estoy ahogando. Esta noticia me está afectando y no soy capaz de disimularlo. Intento concentrarme en lo práctico. Me aferro a la rabia que sentí cuando, tras mi caída, esa que me dejó tan tocado, me dijo que me retirara de la vela y me dedicara a otras cosas.

—¿Cómo sabes que vivo aquí?

—Me lo dijo George.

—¿George? Tengo que hablar con él, no entiendo por qué te ha dado mi dirección sin mi permiso.

—Parece mentira que no lo conozcas mejor que yo. Tu amigo nunca me la habría dado si mi situación no fuera real.

Odio darle la razón a mi padre. George es el único amigo que tengo de verdad, los demás son solo compañeros de trabajo con los que me puedo llevar más o menos bien, pero el único que sabe mis secretos es él, con el que lo he compartido todo. Si le ha dado los datos a mi padre es porque algo de cierto habrá en las palabras del hombre que tengo delante y pensará que es lo mejor para mí. Pero, aún así, me lo debería haber consultado, no soy un niño.

—No te enfades con él, te es leal. Puedes confiar en él cuando yo ya no esté —dice.

—Confío en él aunque tú estés.

—Lo sé —concede.

—Me gustaría poder decirte que cuando te mueras notaré la diferencia, de no ser por estas visitas puntuales que haces cada cierto tiempo, no lo haría.

—Me alegro por ti, hijo. Así podrás superar pronto el duelo, o quizás no llegues a tenerlo. Pero antes de enterrarme tienes que saber unas cuantas cosas, o cuando ya esté bajo tierra no vas a heredar ni un solo dólar.

—Ya sabía yo que querrías algo a cambio. Tú nunca haces nada de corazón o porque te salga, siempre tiene que ser todo a cambio de algo, ¿no es cierto?

—Mark, no puedes exigir cambios a quien no quiere hacerlo. Siempre he sido un mal padre contigo, así que ahora no voy a tratar de fingir algo que nunca he sido. Espero que mi ejemplo te sirva en el futuro para que no hagas aquello que yo hice, pero no he venido a discutir de eso contigo, eso ya es pasado.

—El pasado duele y con este presente no lo estás mejorando.

—Te admito lo primero, lo segundo no. He venido porque me preocupas, mucho, de hecho.

—Ahora te preocupo cuando en veintiocho años jamás lo hice, ¿qué estás haciendo, méritos para ir al cielo?

—¡Mark! No consiento que me hables así. ¡Ya basta!

—Un grito más y te echo de mi casa.

—Una palabra más y no cobrarás ni un solo dólar de mi dinero, y te aseguro que podría solucionarte la vida.

—Fuera, Joseph. ¡Vete!

Se levanta, abre la cartera y saca una tarjeta de la billetera.

—Estoy alojado aquí, en este hotel. Tienes dos días para llamarme. Si no lo haces, olvídate de mí.

—¿Encima me chantajeas?

—Piensa lo que quieras, Mark. Pero por una vez en la vida me estoy preocupando por ti y por tu futuro. Cuando yo ya no esté quiero que estés bien y a eso he venido.

Se termina el vaso de agua de un trago y se marcha, y yo me quedo sentado en el sofá, con la cabeza yéndome a mil por hora y sin saber qué hacer.

Al rato baja Aitana, se sienta a mi lado y me abraza, yo apoyo la cabeza en su pecho. Le acaricio la tripa, donde crece mi hijo, y a una piel de distancia me gustaría abrazarle fuerte, decirle que yo nunca seré como su abuelo, que siempre me preocuparé por su bienestar, por sus problemas en el colegio y por sus sueños.

Estamos un rato así, dejando que el tiempo pase sin pronunciar ni una sola palabra, sumidos en los pensamientos de cada uno. Levanto la cabeza y veo a Aitana preocupada. Me acaricia la cara.

—¿Estás bien? —pregunta en un susurro.

—No, necesito pensar. Creo que me voy a ir a dar una vuelta, ¿vale?

—Como quieras, pero recuerda que me tienes para lo que necesites.

—Como siempre, mi sirena de tierra firme —digo destensando el ambiente.

—Sí, marinerito.

Y sin querer me da la idea, me voy al puerto, quiero irme al mar a navegar, aunque sea a media milla de distancia. Quiero estar solo y pensar, así que alquilaré una pequeña barca. El agua salada es la solución a todos los problemas.

—No me esperes para comer —le digo.

—Vale, ven cuando quieras.

—Avísame si te encuentras mal o lo que sea, ¿de acuerdo, Ait?

—Tranquilo. Él y yo de momento nos llevamos bien.

Le doy un beso en los labios que me da tranquilidad y parece que todo vuelve a la calma, al menos con ella está todo bien.

Un rato después estoy en el mar, que está bastante calmado. Paro el motor de la embarcación y con el viento azotándome la cara me dejo llevar por los sentimientos que me atenazan. El cielo está encapotado, estoy solo y de repente tengo miedo por el futuro. Mi padre se va a morir, lo quiera o no. Voy a tener un hijo, fuera buscado o no. No puedo volver a competir y no puedo ser como este barco que he dejado en medio de la nada. Tengo que tomar el timón de mi vida como tantas veces lo he hecho con el de los barcos que he dirigido. No tengo opción. He de escuchar a mi padre, aunque sea por el motivo egoísta de no quedarme con remordimientos. En un tiempo, no sé cuánto, no podré tendré la posibilidad de saber qué me quiere decir. Se agotan los días y no sé de cuántos dispongo, de cuánto le queda a él de vida.

Lo llamo.

—Hola.

—Hola, Mark.

—Sé que no esperabas mi llamada tan pronto, pero quiero hablar contigo.

—Está bien. ¿Cuándo quedamos?

—En una hora en tu hotel —respondo sin dar opción.

—Perfecto, aquí te espero.

Arranco el motor del barco, vuelvo a puerto, devuelvo las llaves al dueño y a la hora acordada con mi padre estoy en la recepción del hotel.

Lo veo en uno de los sofás que la decoran, el más alejado de la gente y pegado a una ventana. Me concedo unos segundos para capturar esta imagen con la mente y grabarla para cuando me haga falta. Una parte de mí comienza a reconciliarse con el hombre que mira el ordenador. Apostaría a que está trabajando, siempre lo hace, incluso enfermo. Se instala un nudo en mi garganta, pero me recompongo, intento ponerme la máscara de autosuficiencia que oculta la inseguridad y la falta de confianza. No puedo evitarlo, me debato entre el amor que tengo hacia mi padre, que no sé de dónde proviene, quizás sea empatía, y la desconfianza.

Me siento enfrente de él, pido una agua con gas y espero que me diga algo. Él me mira fijamente.

—Hola, Mark.

—Hola, Joseph. ¿Por dónde empezamos? ¿Qué me tienes que decir?

—Primero empezaré enseñándote los informes médicos, por si todavía no me crees.

Me extiende el ordenador y comienzo a ver análisis de los que no entiendo nada, hasta que encuentro las palabras médicas que le sentencian a muerte. Trago con dificultad.

—No disfruto sabiendo que estás así —le digo.

—Lo sé, Mark. Sé que, aunque no quieras, me quieres.

—Yo no he dicho eso.

—No, no lo has dicho, pero te conozco. —Y me enfurezco porque Joseph siempre es el mismo, el que se las da de inteligente.

—Siempre te has creído muy listo.

—No me importa reconocer que lo soy, más que tú. En términos financieros eres un analfabeto y me preocupa tu futuro —dice sin titubear.

—Veo que la enfermedad no te impide insultarme.

—Soy más listo para los negocios, pero más idiota en mis relaciones y en los sentimientos. Siempre he sido incapaz de ser el padre, marido e hijo que se merecían los de mi alrededor. Los que me necesitabais de verdad. Siempre estuve cegado por lo superficial y no me preocupé por lo que verdaderamente importa.

—Eso te lo he dicho yo siempre —le reprocho.

—Pero el ego nunca me dejó reconocer que tenías razón, y ahora que está llegando el final de mi vida me arrepiento de todo lo que os hice a tu madre y, sobre todo, a ti.

Me quedo escrutando su gesto, sus ojos, sus pómulos; no hace ni un solo micromovimiento. Parece sincero, pero me ha mentido tantas veces que ya no sé cuando dice la verdad y cuándo no. No sé qué decirle. Vivir un momento como este, sin el cáncer terminal, era algo que anhelaba. De pequeño era con lo que soñaba, en la adolescencia lo que necesitaba y ahora, a mis veintiocho, ni me lo planteaba.

—Llegas tarde.

—Lo sé, pero no he llegado demasiado tarde, o por lo menos ha sido antes de morirme. Me he recorrido medio mundo por ti cuando jamás he cruzado ni a la esquina de enfrente. Ahora que ya está todo perdido, sería absurdo no decirte la verdad sin anestesia. Fui tan imbécil que en vez de quererte más a ti que a mí, fui un ególatra toda mi vida.

—¿Eres consciente de en qué posición me dejas? —Se me crea un nudo en la garganta que no me deja tragar. Doy un trago de agua al vaso—. Eres un cabrón que me creó miles de inseguridades. Si no hubiera sido por el abuelo y por George no sé qué habría sido de mí. Y ahora, cuando mi vida comienza a encauzarse, vienes tú a jodérmela. A reventarlo todo y arrasar con los cimientos que estaba empezando a construir.

—¡Mark! Déjate de monsergas. Lo sé, ya te he dicho que he sido un padre que tuvo un hijo que no se merece, a ti, pero no me hagas perder el tiempo con el pasado, ya no toca. Se me acaba el tiempo y ambos necesitamos la ayuda del otro. He visto tus cuentas y tus ahorros solo te dan para un par de años, en el mejor de los casos.

—Si piensas que voy a trabajar en tu empresa y que voy a heredar tu puesto es que no me conoces. Prefiero vivir en la calle que trabajar en lo mismo que tú.

—Siempre has sido un idealista. Así no vas a poder criar a tu hijo. ¿Qué plan tienes ahora que no vas a poder volver a subirte a un barco?

Me levanto y me marcho, en realidad no sé a qué he venido.

15
ALGO VA MAL

AITANA

Me preparo algo para cenar. No tengo hambre, estoy pre-ocupada por Mark. Ha anochecido y no está aquí, pero no sé si es correcto que lo llame. Me imagino lo que debe estar sufriendo y cuando lo pienso me dan ganas de llorar.

Cuando llega, me saluda, me da un beso en la mejilla y está cabizbajo, al igual que cuando se fue. Apenas me mira y supongo que estará repasando una y otra vez la conversación que tuvo con su padre. Si yo supiera que el mío está en esa situación estaría así o peor.

Desde que Mark sabe que estoy embarazada, nada es normal. Ya no me intenta enfadar constantemente, ni me roba besos, ni me dice cosas guarras al oído. No me toca y eso me hace estar un poco tensa. Soy mujer, embarazada, sí, pero mujer al fin y al cabo y necesito sentirme deseada. Mi cuerpo está sufriendo tantos cambios que intento evitar mirarme al espejo de pecho para abajo algunas veces. Sin embargo, otras, cuando me toco la tripa y noto que está ahí, pienso que mi cuerpo es perfecto porque está albergando vida y eso tiene algo de mágico.

Me estoy liando. El caso es que creo que ambos necesitamos tener una conversación: *la* conversación, esa en la que seamos claros el uno con el otro para averiguar en qué punto estamos. Si se va a ir o puedo contar con él como padre de nuestro pequeño, y quizás también como pareja. Me intento convencer a mí misma y decir que lo que siento es pura atracción sexual para intentar mantener a raya los sentimientos, pero lo cierto es que me gusta todo de él. Mark es mucho más que una cara bonita, un cuerpo de infarto y una voz arrolladoramente sexi. Me gusta su forma de ver el mundo, que sea inconformista, protector, cariñoso. Me encanta leer las notitas que deja por la casa recordándome que estoy guapa, o que me avise si se va a retrasar en el gimnasio. Mark es un pájaro libre y creo que esta situación le está cortando la libertad. Y no quiero que ser otro problema más en su vida. Si no quiere hacerse cargo del pequeño, lo haré yo sola.

—Mark, ¿estás bien? —le pregunto. Estoy tumbada en el sofá con las piernas encima de su regazo mientras me da un masaje.

—Claro, estoy aquí, con mi sirena de tierra firme, escuchando el crepitar de la leña mientras la luz tenue nos relaja. —Sonríe.

—Sabes a lo que me refiero…

—Sí, lo sé, y te mentiría si te dijera que estoy bien, pero tampoco estoy demasiado mal.

—No seas tan críptico.

—Por un lado, me gustaría decirte que esto no me afecta, que me da igual, pero la realidad es que sí lo hace.

Siento rabia por todo el tiempo que mi padre no me dio de pequeño, por su indiferencia. Ni siquiera lo disimula, me da la razón en todo, y eso me enfurece más, porque no me da la opción a estar equivocado y no comprendo nada. No logro entender cómo mis padres han pasado de mí toda la vida. Si cuando me enteré de que estabas embarazada, me tiré a un mar helado con la esperanza de que me rescataran para poder estar contigo.

Quiero preguntarle por ese asunto, pero no ahora, quiero que se abra, que me diga lo que siente.

—En serio, Ait, no lo entiendo. Si es verte y saber que llevas a mi hijo en tu interior y me dan ganas de abrazarlo, de mimarlo, de estar con él. Quiero verlo crecer, llevarlo al parque, que descubra el mundo conmigo. Que se agarre de mi mano y sepa que su padre jamás le va a soltar. Y, Ait, esto es independiente de si estamos o no juntos en el futuro. Quiero estar presente.

Me emociono hasta niveles estratosféricos, me contengo para no abrazarle y decirle todo lo que siento en estos momentos, me concentro en seguir escuchándole.

—Y, entonces, comparo esto que siento por nuestro hijo con lo que han sido mis padres y no lo comprendo, porque te juro que no puedo cuantificar cuánto quiero a nuestro hijo. Lo necesito conmigo. Y me da rabia no entenderlos. La gente egoísta como ellos no debería poder tener hijos. Hay parejas que serían los mejores padres del mundo y no pueden traer vida y, sin embargo, hay otros que no pasaría nada porque su estirpe acabara en ellos.

—Mark… No digas eso, si fuera así no nos habríamos conocido, eres lo bueno que hicieron.

—Lo sé, pero, Ait… Lo pasé tan mal de pequeño que daría lo que fuera porque mis padres hubieran sido normales o haber tenido una familia como la tuya. Porque sí, es cierto que cometéis errores, pero os queréis y así es como entiendo que debería ser una familia.

—Mark, todas las familias son imperfectas, no todo es bueno…

—No, no lo es y a la vista está, pero estáis ahí. Tu padre, el mismo cabrón que dejó a tu madre abandonada con dos niños pequeños en Estambul, es el mismo que estuvo presente cuando te enteraste de que estabas embarazada y te ayudó a sentirte mejor. O tu hermano Sergio; te quejas de que a veces te viene a pedir que medies cuando discute con tus padres, pero es el mismo que estuvo a punto de arrancarme la cabeza cuando nos vio en el barco. A eso me refiero.

—Te he entendido, pero, en serio, no compares, no te hace bien. Sigue hablando de ti, Mark. —Resopla.

—No hay mucho más que contar. Bueno, sí, ahora dice mi padre que aparece porque me quiere ayudar. ¿¡AHORA!? A cambio de una cuantiosa cantidad de la herencia. ¿Te lo puedes creer? Me está intentando comprar, Ait.

—¿Y si es la forma que tiene que acercarse a ti?

—Ha tenido veintiocho años para hacerlo.

—Pero se va a morir y quizás esté preocupado por ti, por tu futuro —apunto.

—O por limpiar su conciencia.

—Bueno, sea por el motivo que sea, deja que sea un buen…

—Sucedáneo de padre. —Se adelanta a mis palabras.

—Eso, contigo.

—Pero es que no. No quiero, ya no toca.

—Olvídate del orgullo, del momento y de todo lo demás —le digo—. No te van a llevar a ninguna parte y te aseguro que no vas a poder estar enfadado toda tu vida con él.

Cuando ya no esté pasarás de estarlo con él a estarlo contigo y ya no habrá solución. Puede que te convierta en una persona amargada que estoy segura de que no quieres ser.

—Pero… —Le pongo un dedo en los labios impidiéndole hablar.

—No pierdes nada por escucharlo, sin juzgarle, dejar que se explique. Intenta olvidarte del dolor por un rato, aunque te cueste. Será difícil, pero puede que merezca la pena.

No quiero que me siga dando razones para hacer lo contrario, así que me acerco a sus labios y comienzo a besarlos. Al principio con besos tímidos y castos. De esos que piden un permiso que igualmente se van a coger. Mark responde a ellos al principio sin muchas ganas, pero poco a poco la temperatura del ambiente va aumentando. Y espero que así se ponga fin a varios meses de mi abstinencia sexual.

Un gemido sale de mi garganta, no sabía que estaba tan necesitada de esto. Mi amigo el Satisfyer por fin coge vacaciones y Mark me hace sentir lo mismo o más que la última vez. Mi barriga nos condiciona, sí, pero también hace de este momento uno más especial, distinto.

Dibuja un camino de besos comenzando en la oreja, el cuello y la clavícula y va descendiendo lentamente hasta mi tripa. La acaricia con deseo y me siento sexi durante unos segundos. Baja por mis caderas y muslos. Y en el trayecto hace que cada una de mis terminaciones se estremezcan. Los pezones se me endurecen hasta casi doler y da buena cuenta de ellos.

Comienza mi turno de disfrutar de ese pecho que llevo tantos meses sin ver desnudo. Del tatuaje con la brújula apuntando al norte, ese que me hace perder cada vez que lo tengo cerca. La tinta en su piel lo hace aun más irresistible y no escatimo en hacer todo aquello que me apetece: chuparle el pezón rodeado de tinta, morderle el hombro y lamerle con ansia el cuello. Sus gemidos me hacen sentir poderosa. Su pene, del que ahora daré cuenta, hace un rato me advierte de su presencia. Tengo cuidado con la espalda, magullada y oculta por el nudo marinero que la recorre de arriba abajo. Es potente, arrolladoramente salvaje y elegante.

Mark es cariñoso y erótico, me recuerda lo guapa que estoy para después decirme que la chupo genial. Él más tarde también se encarga de mi entrepierna, recorriendo todo mi sexo hasta que encuentra el punto donde se dispara mi orgasmo sin poder controlarlo.

Me mira satisfecho, se coloca a mi espalda y sin previo aviso, de un empellón, me penetra. Suelto un gemido de placer. Me lo hace con ganas y marca un ritmo que a veces es rápido, otras más lento; un baile de movimientos que me hacen perder la noción de dónde estoy y que me lleva al borde del desfiladero de mi deseo hasta que ambos llegamos al orgasmo a la vez y yo me siento, por fin, liberada.

Se tumba a mi lado me agarra la tripa con cariño y nuestro pequeño pone alguna parte indeterminada de su cuerpo justo debajo de la mano de su papá. Lloro de emoción por ver que por fin somos una familia y que nuestro retoñín lo ha aceptado en el clan.

—Por fin estamos los tres juntos —digo.

—A una piel de distancia —responde.

—No hemos hablado todavía de ello, ¿pero cómo quieres que se llame?

—Me gustaría que se llamase como mi abuelo: Owen.

—No sé, no me convence ese nombre. Prefiero que sea uno más neutro, uno que no suene mal ni en inglés ni en castellano… ¿me explico?

—Entonces que se llame también como mi abuelo: Lucas. —Abro los ojos sorprendida—. Pero ¿no se llamaba Owen?

—Sí: Owen Lucas Cook. Si no fuera por mi abuelo no habría ido nunca a clases de vela, no habría conocido a George y tú y yo jamás habríamos coincidido. Es una buena forma de hacerle homenaje.

Me quedo mirándolo, reflexionando sobre ello. Lucas no es mi nombre favorito, pero cumple lo que quería, suena bien en ambos idiomas. Este niño al final va a ser un ciudadano del mundo, nacerá en Southampton, de padre australiano y madre hispanoturca.

—George también ha estado a tu lado siempre.

—¿Lucas George Cook Fernández? —propone.

—No me gustan los nombres compuestos.

—Está bien: Lucas Cook Fernández. —Sigue sin convencerme, pero supongo que me acostumbraré al nombre. Si no, siempre podré recurrir al comodín de «he llevado a al niño nueve meses en la tripa, así que elijo yo».

Y así, el tema de en qué punto está nuestra relación y sus planes de futuro, cae por su propio peso sin que tenga que preguntarle nada. Quiere estar a mi lado y yo también al suyo. En estas semanas ha empezado a costarme imaginar un futuro sin Mark y a la vista está que él quiere lo mismo.

Lo cierto es que, aunque no me ha dicho las palabras mágicas, «Aitana, quiero estar contigo» o algo similar —y si lo pienso me da un poco de vértigo—, no se necesita ninguna gran declaración para saber que con Mark tengo un presente y con Lucas tiene mucho futuro. Por sus palabras y por lo que conozco hasta ahora, creo que va a ser un gran padre y eso me hace sentir feliz. No necesito más que esto.

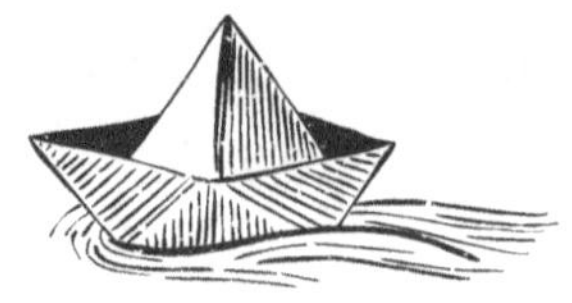

Me despierto y veo que he dormido abrazado a Aitana. Mis ojos se acostumbran a la oscuridad, puedo adivinar dónde está cada parte de su cuerpo debajo de la ropa y capturo este instante de quietud. Mi cabeza, en cambio, funciona a toda velocidad. La enfermedad de mi padre, su ausencia durante años y la mía en los primeros meses de embarazo de Aitana. No quiero cometer sus mismos errores, quiero que mi hijo esté orgulloso de mí, que me cuente sus historias y crear momentos junto a él. No quiero montarle ni predeterminarle la vida, quiero que elija y quiero estar a su lado si él me deja.

Creo que Aitana tiene razón, tengo que intentar hablar con mi padre. La cercanía de su pérdida para siempre me hace sentir agarrotado y tengo las emociones bloqueadas por lo que creo que es dolor. Me vienen a la cabeza los momentos buenos que tuvimos juntos, porque alguno hubo. Y con mi madre igual. Decido llamarlo, no tengo claro si por una cuestión egoísta o porque me da pena su situación. El caso es que descuelga al tercer tono y quedamos para tomar un café cerca de su hotel, en el puerto.

Cuando llego, respiro aliviado al ver que ya está sentado dentro, en una de las mesas desde donde se ve el mar embravecido por el viento sur. Nos saludamos con un «hola», más seco por mi parte que por el suyo. Tiene la intención de levantarse, pero con la mano le indico que no es necesario.

—Me ha sorprendido tu llamada.

—Y a mí hacértela.

Se revuelve, incómodo. Se le tensa la mandíbula y adivino lo que puede haber pensado o lo que al menos yo pensaría en su situación. Le doy vueltas al café durante tiempo, no sabría decir cuánto, como si este pudiera hablar por mí. Quiero decirle tantas cosas que ahora las palabras se me arremolinan en la garganta y no soy capaz de expresar ninguna.

—Habla, Mark, dime qué es eso que te atormenta.

—Llegas a mi vida a estropearla, a darle una vuelta a todo. Me anuncias que te vas a morir y esperas que cumpla lo que me pides. ¿Qué quieres que haga? ¿Qué pretendes?

—Hablaré claro, si quieres recibir el importe total de lo que te corresponde por herencia tendrás que venir conmigo a Sídney. Allí, mientras me dan el tratamiento paliativo para el cáncer harás lo que yo te diga. Te daré formación financiera y fiscal. Recibirás un curso acelerado del mejor economista de Australia —se refiere a él mismo— y te aseguro que si, te administras bien, y a eso te enseñaré, no habrá asesor que te engañe. No te garantizo el éxito, pero desde luego que el fracaso no será una palabra que aparezca en tu vida.

—¿Acaso eres consciente de lo que me pides? ¿Pretendes que elija entre mi chica, mi hijo y tú?

—No, no soy yo el que lo estará haciendo, sino tú.

—Eres un cabrón. A mí no se me compra con dinero.

—Pero este te hará la vida más fácil en el futuro. Hazlo por tu hijo, por ella y por ti. He revisado tus cuentas y con el ritmo que llevas…

—¿Qué sabrás tú del ritmo que llevo?

—Hijo, no tienes ni idea. Nunca quisiste estudiar y nunca te han preocupado las cuestiones prácticas. Los tratamientos que necesitas para no quedarte inválido cuestan una fortuna, unos ochocientos mil dólares, y no llegas a ni a treinta mil, descontando la mitad de la casa que ha comprado Aitana y que entiendo que querrás pagar. No tienes dinero suficiente para mantenerte y tampoco tienes un plan de futuro ni vas a ganar lo que ganabas, porque no puedes dedicarte a lo que lo hacías hasta ahora.

—Me tienes muy investigado por lo que veo, Joseph.

—Seré un cabrón, como tú dices, pero, aunque no lo creas, te quiero a mi manera y me preocupas muchísimo más tú que tu hermana pequeña. Su madre no es una lumbreras, pero, al igual que lo hizo para casarse conmigo, hará lo que haga falta para darle un futuro que se merece a nuestra hija. Tú no tienes esa suerte, tu madre es una *hippy* de la vida, egoísta, que está metida en una secta y no podrá ayudarte.

—Es que no necesito que nadie me ayude. —Me levanto de la silla.

—Sí lo necesitas y lo sabes. Los números no mienten, Mark. Entiendo que tu padre moribundo no te dé pena, pero piénsalo. No me queda mucho, los médicos dicen que en el mejor de los casos unos seis meses de vida. —Se le llenan los ojos de lágrimas y a mí se me forma un nudo en la garganta—. Se me acaba la vida, hijo y yo no sé cómo hacer para tratar de robarle algo de ella al tiempo, pasando los últimos meses de mi enfermedad contigo.

—Vente aquí a tratarte.

—Tengo a todo mi equipo médico allí, si hago que se desplacen costará una fortuna y no podré dejarte nada. No te voy a engañar, estoy comprando una pequeña porción de tu tiempo a cambio de tu tranquilidad futura. Criar un hijo no es fácil. —Me revuelvo incómodo—, no lo digo por ti, lo digo por tu hermanastra.

—Sigue —le pido.

—Como decía, educar a un hijo, pagar todo lo que se necesite y demás, es caro, pero gratificante. Ahora estás en un punto de tu vida en el que un hijo te va a suponer pasar por muchas estrecheces económicas y te aseguro que no es la mejor situación.

—¿Sabes que nunca seré como tú? Que nunca me haré cargo de las empresas —advierto.

—Lo sé, e insisto, todo es para que ningún gestor de medio pelo te engañe.

—No lo enfoques hacia mi beneficio ni hacia el de mi hijo. Lo haces solo por ti, por tu ego.

—Mark, si me respondes eso es porque sabes que en el fondo tengo razón, pero la manía que me tienes te impide aceptarlo. Es más fácil vivir de espaldas a la realidad, fingiendo que no existe, que aceptarla, pero en algún momento esta llegará, te abofeteará y no estaré aquí para ayudarte.

Nos quedamos en silencio. Miro por la ventana desde donde el mar rompe contra las rocas y me siento como un pequeño barco en medio de la tormenta. No puedo detener la fuerza de las olas, y cuando Joseph muera no voy a tener a ningún transatlántico que me pueda tirar un flotador que me salve la vida. Nunca he pensado en necesitarle, pero de alguna manera sabía que si en algún momento de mi vida necesitaba dinero, podría recurrir a él como última opción.

Ahora ese último as en la manga se va a hundir en el océano de la vida y tengo miedo. Por primera vez me entran dudas y los esquemas que me construí hace unas pocas semanas empiezan a emborronarse otra vez.

¿Qué hacer?¿Cuál es la decisión correcta? Decida lo que decida va a suponer una gran renuncia y dolor. Si me voy dejaré a Aitana sola los últimos meses de embarazo y si me quedo perderé a mi padre y con él la oportunidad de aprender algo de él. Sin embargo, él no es el único que puede formarme. Por eso lo decido.

—Me quedo —digo.

—De acuerdo. Me marcho pasado mañana, cojo el vuelo a las doce. Ya no hago nada aquí. Suerte en la vida, hijo.

Se levanta de la silla, le da un último trago al café y deja delante del mí un billete de avión. Se acerca a un camarero, paga las consumiciones y le veo marcharse a un paso enérgico, como si no le estuviera desgastando el bicho por dentro. Por eso me cuesta aceptar tanto la realidad, porque al verle me sigue pareciendo el mismo, pero los informes no mienten. Mi padre se muere y se nos está acabando el tiempo a los dos.

Apoyo la cabeza en los puños y sé que he tomado una decisión, lo que no sé es si se trata o no de la adecuada.

Sin embargo, intento decirme que ante una situación así no hay decisiones correctas, solo decisiones. No es fácil, en un segundo creo que tengo la decisión tomada y al siguiente pienso lo contrario. El bolsillo me quema, me recuerda que el billete de avión está ahí, esperándome. Irme supone dejar otra vez a Aitana, quedarme implica que lo voy a pasar mal porque los ahorros, más pronto que tarde, se me terminarán y pasaré a ser un mantenido. Y no quiero eso.

Cuando abro la cancela de la casa, observo un momento. Veo que a través de los cristales hay luz. Siento que este es mi lugar, mi espacio. Al abrir la puerta Aitana está canturreando mientras da vueltas a algo que está cocinando en una olla de la que sale un olor que me abre el apetito.

La saludo con un beso en los labios y acaricio su vientre abultado.

—¿Qué tal estás? —me pregunta.

—Bien —miento. Sé que se da cuenta, pero no me dice nada—. Lo estaré.

—¿Quieres ver lo que he preparado para Lucas?

—¿Has subido a la habitación tú sola? —pregunto.

—Sola no, con él. —Me sonríe señalándose la tripa. Pongo los ojos en blanco.

Subimos las escaleras y me enseña que ha estado poniendo los tiradores para la cómoda, no es gran cosa, y reímos los dos. Se sienta en el sillón de lactancia y doy una vuelta sobre mí mismo. Está en la semana treinta de embarazo y la veo más guapa que nunca. ¿Cómo puede tener tanta luz? Enciende una lamparita con forma de estrella que tiene a su lado y se ilumina a su espalda el papel pintado de olas y barcos. La cuna está a los pies y una lámpara, también con forma de estrella, en el techo hace de esta habitación un sitio tranquilo.

—Lucas va a estar muy a gusto aquí —digo.

—Ojalá. ¿Crees que le gustará su habitación? ¿Que le gustaremos nosotros como padres? ¿O nos odiará? Me da miedo.

—Si es mi hijo —bromeo— estará encantando con todo. Es la habitación con la que soñaría cualquier niño.

Me siento sobre la alfombra color caqui y me llevo las manos de Aitana a los labios, dándoles pequeños besos. Ella me levanta la cara y con sus ojos me radiografía hasta los pensamientos.

—¿Me lo vas a contar? —me pregunta.

—Sí.

Le hago un resumen de la conversación sin dejarme ni un solo dato, quiero que sepa cómo está mi padre y por qué estoy así, taciturno y temeroso de todo. Me deja hablar, me mira comprensiva. Aitana no es exigente, sino que escucha, me abraza y creo que incluso me comprende. Eso me gusta, me hace sentir en paz y a salvo.

—Mark, debes irte. Tu padre te necesita.

—¿Y qué hay de ti? ¿Qué hay de Lucas?

—No quiero que te ofendas, Mark, pero antes de que aparecieras ya tenía un plan. Si no estuvieras aquí, mi madre ya estaría en Southampton, y puede que también mi padre. Sergio, Malak, Ender, Clara, Nadina, los gemelos… Otra cosa no, pero familia tengo creo que incluso demasiada. —Reímos los dos para destensar el ambiente.

—No quiero dejarte sola, Ait.

—No lo voy a estar. —Se pone de rodillas y me abraza.

—No quiero que se estropee lo nuestro por lo de mi padre. Ahora que retomábamos nuestra relación, no quiero que pienses que me he arrepentido de mi decisión.

—Sé que no, Mark. A lo mejor puedes venir alguna vez para ver cómo evoluciona el embarazo. Haremos videollamadas, esta vez de verdad que sí, o cuando vaya a los médicos. Te puedo mandar todos los días fotos de la tripa, decirte cómo me encuentro… Gracias a la tecnología podrás estar en ambos sitios a la vez.

—Me gustaría poder dividirme.

—De eso nada, que cuando todo pase te quiero entero para mí.

—Y para Lucas —digo.

—Bueno, creo que te podré compartir también con él. —Ríe y a mí se me calma en parte el desasosiego.

—Lo hago porque quiero aseguraros el futuro, Ait.

—Marinerito, a mí no me hace falta que me asegures ningún futuro, podré mantenerme.

—Lo sé, sirena de tierra firme, pero también lo hago porque quiero que Lucas esté orgulloso de mí ahora que no voy a ser el mejor capitán de la historia.

—Pero serás el mejor padre que habrá existido jamás.

—Tienes mucha confianza en mí.

—Solo la que te mereces, Mark.

—Gracias, Ait. Me imagino que no debe ser fácil para ti que te cuente esto y, sin embargo, haces sencilla la vida. Tienes un corazón generoso y por momentos como este comprendo por qué me enamoré de ti nada más verte.

—¿Lo hiciste hace cinco años?

—No te voy a engañar. No quise parecer un loco, pero me gustaste desde el primer día que te vi. Reconozco que cuando podía buscaba tus fotos y vídeos, incluso te seguía en redes sociales. Cuando hablábamos por mensaje me hacías sentirme extrañamente contento y no había año que, después de grabar el anuncio de la regata, cuando tras irnos a tomar algo nos acercábamos y nos despedíamos con dos besos, no me arrepintiese de no haberte besado. Por eso desde nuestro tercer año como imagen de marca de la expedición aprovechaba la más mínima oportunidad para besarte. Porque tus besos, por contrato o no, eran un premio que quería seguir recibiendo todos los años y todas las veces.

Me calla con un beso que comienza calmado, pero se vuelve intenso y profundo, sellando nuestro pacto de comprensión, cariño y amor. Saber que dentro de unas horas me marcharé me ahoga, me impide respirar con normalidad, pero es por un fin que. En este caso, quiero pensar que justifica los medios. Nuestra piel arde con cada rastro de saliva, de caricias y de labios que succionan. La ropa comienza a sobrar y nos vamos desprendiendo poco a poco de cada prenda. Cuando voy a cogerla en brazos, mi espalda me recuerda que sigo teniendo la lesión y que no puedo hacer esfuerzos. Otro asunto que tratar en el futuro.

Bajamos las escaleras, la sujeto con cuidado para que no tropiece, a pesar de las ganas que nos tenemos y una vez abajo, con paso seguro, me empuja a nuestra habitación, donde el resto de la ropa cae a ambos lados de la cama. Nos quedamos en ropa interior, beso cada centímetro de su piel y acabo entrando en ella por detrás. Follamos, sí, porque es sexo del bueno, del que te hace perder la noción del tiempo y del espacio. Del que da sed y quita el hambre, del que deja las sábanas mojadas de sudor y oliendo a sexo.

Cuando terminamos me siento con energía renovada, tomamos el guiso de carne que ha hecho y después de comer llama a su madre, le cuenta que me tengo que ir. Al principio no lo comprenden, pero luego parece que sí. Merche quiere hablar conmigo después. Quiere que nos sincronicemos para que Ait no se quede sola y, de paso, creo que quiere hacerme un tercer grado. Eso me tranquiliza, contrariamente a lo que se pueda pensar. Aitana se queda en las mejores manos y yo, en parte, dejo de tener ese sentimiento de culpa.

16
EMPIEZA LA DESPEDIDA

Semanas después

En el hospital todo se encuentra en una calma tensa, hace apenas unos segundos ha pasado una camilla ocupada, empujada por dos celadores de una habitación a otra. Las caras de los familiares son de circunstancias, ya no habrá segunda parte ni unos minutos más que arañar al tiempo, es el fin.

Ahora los recuerdos pasan como si fueran una película. Ha llegado el momento a partir del que nada será igual. Sienten miedo por no saber qué les deparará el futuro y nostalgia por el tiempo pasado en el que todo era tranquilo y sin complicaciones. Ahora la ansiedad se ha adueñado de todos, no hablan, no hay palabras e incluso tienen miedo de respirar. Como si hacerlo más fuerte fuera algo malo.

Ender y Clara se miran, saben que en unos meses serán ellos los protagonistas de un momento igual. Clara será madre y siente angustia, estar en el hospital esperando le trae recuerdos de días eternos al lado de la cama de su hermano, que ni empeoraba ni mejoraba, y eso la tiene inquieta. ¿Y si le ha pasado algo a Aitana? Recuerda a Pablo, quien justo en ese momento le manda un mensaje y le pregunta cómo va la cosa.

Por suerte, ahora él está bien y puede seguir haciendo una vida más o menos normal, con algunas limitaciones. Luisa y él están viviendo, en el piso de sus padres hasta que les den la casa nueva y eso le da paz, ambos se quieren y se cuidan. Respecto a Gemma, lleva meses sin saber nada de ella. Tras la última vez que se vieron comprendió que era absurdo seguir manteniendo una amistad tóxica. No hubo ninguna discusión entre ambas, solamente un café y un «que te vaya bien» que daba por finalizados más de quince años de amistad. Se cansó de escuchar siempre las mismas frases en su boca, de que Gemma dejara de verla como su amiga y pasara hacerlo como la novia del famoso de la tele. No quiso sentir más cómo empequeñecía sus problemas, cerrando siempre el tema con un «¿qué más da, tía? , si, total, vas a ser rica», pasando a contar sus cosas como si las de Clara no importaran. Tenía la sensación de que su amiga seguía considerándola una persona inferior y se cansó de que Gemma la hiciera sentirse así. Solo lamenta no haber hecho caso antes a Luisa, Pablo, Ender y a sus padres. Le costó ver la realidad, pero ahora que lo ha hecho se siente liberada. Lo importante es que todos están bien y la pequeña que crece en su interior también. Por eso la mudanza a Estambul no fue tan complicada, trabajar en el Palacio de Dolmabahçe es un sueño cumplido, aunque no sea fácil a veces.

Los choques culturales son potentes, le preocupa que sean tantos y tan fuertes a veces. Ender sigue trabajando a caballo entre producciones turcas y otras internacionales. Por eso no sabe si Estambul será o no su destino definitivo. Aunque le cuesta mucho, por su mentalidad cuadriculada, está aprendiendo a vivir con incertidumbre.

A veces van a la calle del antiguo apartamento de Ender y bromean sobre qué estarán haciendo los nuevos Ender y Clara de turno. Si ella le pedirá a él que se asome en medio de la noche para poder verlo, o si él le enviará flores.

Ender, totalmente ajeno a los pensamientos de Clara, le agarra la mano, buscando en parte su propia tranquilidad. Recuerda cómo conoció a Aitana, la conexión que tuvieron y todo lo demás. Su hermana pequeña está dentro del paritorio acompañada por Merche y su madre, intentando traer a su nuevo sobrino al mundo. Está cansado, llevan muchas horas esperando, aunque sabe que no es nada en comparación con lo que debe estar pasando Aitana ahí dentro y tiene miedo por ella. Se lleva la mano de Clara a los labios y le da pequeños besitos en el dorso. Ambos se miran con ojos embelesados. Intenta transmitirle fuerza, su parto dentro de unos meses no tendrá porqué ser tan largo como este. El de Hana, de hecho, fue bastante rápido.

Le un beso en la frente a Clara, con la que todavía no ha podido casarse, a pesar de que haya pasado ya casi un año desde aquel día en el que se lo pidió. No ha habido tiempo de organizar nada y ahora, con ella embarazada, no es el momento.

Cuando Ender y Clara se miran sienten que todo lo demás desaparece. Él se sigue volviendo loco, y cree que lo hará toda la vida, cuando mira esos color miel enmarcados por las pecas que le hacen perder la cabeza desde aquella primera vez que se cruzaron en el evento de *Corazón enamorado*. Su hija está al otro lado de la piel de Clara. Reza a Alá para que sea exactamente igual que su madre, porque así será doblemente afortunado.

Paco está esperando a recibir noticias bastante nervioso. Lleva muchos años, en concreto desde que nació Aitana, sin presenciar las horas de espera y la incertidumbre que se vive durante un parto. Recuerda casi sin querer cómo fue el de Hana, la situación era parecida, con la diferencia que la madre estaba dentro de la sala y él fuera sin saber qué hacer. Luego se repitió otras dos veces más, y los nervios siempre fueron iguales. Tras unos meses complicados a nivel familiar, en los que las relaciones se han tenido que reacomodar y Paco ha tenido que aceptar la presencia de su pasado, ya se llevan mejor todos. Aun así, su relación con Malak sigue siendo tensa y sabe que probablemente nunca será normal. Durante mucho tiempo la culpó de una situación que fue él mismo el que la provocó. Fue él quien creó para ambos unas expectativas que no sabía si iba a poder cumplir. Su orgullo todavía no le ha permitido expresar las palabras perdón, pero lo ha hecho a su manera. De vez en cuando le manda mensajes a la madre de sus hijos preguntando por Hana y los niños, aunque tiene el teléfono de su hija mayor, y así aprovecha y le pregunta a ella cómo está. Aunque cree que nunca llegó a estar enamorado de Malak, sí que la aprecia. Ella le dio a tres de las personas más importantes de su vida: sus hijos. Aitana, Ender, aunque a veces no sea fácil la relación con él, y Hana. El vínculo que tenga con esa parte de la familia será siempre peculiar, el dolor de los años de ausencia seguirán pesando, pero al menos espera no cometer más errores imperdonables.

Merche, por su parte, está con Aitana en la habitación. La agarra de la mano cuando las contracciones hacen que su hija cree que se parte en dos. En los momentos de cierta tranquilidad, como este, recuerda cómo le peinaba las coletas para llevarla al cole. Y ahora que su pequeña está a punto de ser madre, se siente abandonada, en cierta forma. Ahora es más consciente de que ha crecido y a ella se le ha pasado la vida no sabe cómo ni cuándo. Agradece mucho a Aitana que la haya elegido para estar las primeras semanas tras el nacimiento de Lucas. Eso le hace sentirse más madre suya que nunca, porque podría haber elegido a Malak y nadie le habría reprochada nada, sin embargo, no ha sido así. No puede evitar sentir cierto sentimiento de rivalidad con la mujer, y se reprocha a sí misma que no debería ser así, pero quiere tanto a Aitana que no puede evitarlo.

Quiere que acabe el parto ya, tiene que contenerse para no llorar cuando Aitana se desespera. Lo está pasando muy mal y está deseando conocer a su nieto, por el bien de Lucas y de su pequeña. Se siente agradecida a la vida por los hijos que tiene. Sergio, su hijo biológico, es su alma libre que parece que va sentando cabeza, que la llama más y viene los domingos a comer a casa. Sus niños han crecido y ella lo ha hecho con ellos.

Malak envidia a Merche. Está también en la habitación, quitándole el sudor de la frente a Aitana. No sabe cómo puede ayudarla, por eso la acompaña y en los momentos de relax le canta nanas, como hizo en aquellas pocas semanas que la tuvo con ella hasta de que Paco se la llevara. Sigue sin procesar bien que su hija pequeña la mayoría de las veces no la elija, pero es consciente de que el lugar de Merche es insustituible, por eso acepta no ser la única madre que tiene. No le queda admitir las decisiones de su hija, de lo contrario solo conseguiría alejarla y no quiere que eso vuelva a pasar. Estar en este momento tan importante para Aitana le da esperanzas de que la quiera, aunque nunca se lo haya dicho.

—Mamás —llama a Merche y a Malak. Ambas se levantan de la silla y la miran preocupadas—, No sé cuánto tiempo me queda, pero gracias por cuidarme tanto —dice con voz entrecortada—, por darme la vida y un futuro, por estar en un momento como este.

—¡Aitana, no te vas a morir! —le reprocha Merche en español a voces. Malak no la comprende bien y dice lo mismo en inglés.

—Esto es muy duro, no puedo más, me faltan las fuerzas. Por favor, cuidad de Lucas, quiero que esté con Mark. Y decidle que estoy segura de que será el padre que nuestro hijo necesite.

Malak sale corriendo en busca de ayuda, no va a permitir que su hija se muera. En la sala de espera todos se miran, preocupados al ver el estado de la mujer. Esta suplica que vaya un médico y uno la acompaña al paritorio. Sus familiares se estremecen y comienzan a preguntarse entre ellos, preocupados.

El médico examina a Aitana y las tranquiliza: solo se trata de dolor. Le aumentan la dosis de la epidural y les dice que si en un rato no ha dilatado más tendrán que hacerle una cesárea.

Cuando sale el doctor, Sergio exige explicaciones. Indaga y pregunta, quiere saber exactamente cómo está su hermana. Parece buen médico y Hana se lleva una mano al pecho, no puede menos que sufrir por su hermana. Debe de estar pasándolo fatal. Daría lo que fuera por ser ella la que lo sufriera.

Mark entra en el hospital arrastrando la maleta a toda velocidad. Merche le avisó en cuanto Aitana rompió aguas. Compró el primer billete de avión que encontró y un día después estaba allí. No quería que la madre de su hijo sufriera demasiado, quería acompañarla y estar presente en el momento en que su pequeño naciera para cortar el cordón umbilical. Fantaseaba con ello, ahora que ya le quedaban pocas esperanzas. Su padre había muerto la noche anterior a la llamada en sus brazos y ahora le quedaba un largo y tedioso proceso de papeleo y asumir su pérdida definitiva.

En admisión exige que le digan donde está Aitana o amenaza con ir puerta por puerta hasta localizar el paritorio. Al final, la mujer de recepción, segura de la advertencia del hombre que mira el mostrador, le indica dónde es. Corre hasta al ascensor con la maleta a cuestas, a punto está de hacer caer a un señor mayor. Se disculpa y sigue su camino. Cuando la familia de Aitana le ve aparecer por el pasillo tienen una intuición, puede que un poco fantasiosa. Quizás el pequeño Lucas no quería nacer porque no estaba su padre allí. Arriba ya están avisados y le dan la ropa adecuada para entrar.

Abandona la maleta ante Ender y entra al paritorio. Saluda con un «hola» general, ya habrá tiempo para hacerlo con propiedad más tarde. Lo primero que ve al entrar en la habitación es a Aitana retorciéndose de dolor. Al ver al padre de su hijo las contracciones cesan unos segundos, los suficientes como para que se den un corto beso en los labios y se agarren de la mano. Malak y Merche se quedan en un segundo plano, dejando que sea Mark quien le limpie el sudor y le dé a su hija la fuerza que ellas no le han podido dar. Él la encuentra con cara desencajada, casi no la reconoce, y verla sufrir tanto le parte el alma.

Pocos minutos después, tras varios empujones, el médico pone a Lucas encima del pecho de su mamá. Es el momento más mágico, doloroso y salvaje de sus vidas. Mark y Aitana miran embobados a su pequeño mientras él, todavía manchado, intenta respirar por sí mismo. Es una escena para la que no hay palabras, solo sentimientos que se arremolinan en el pecho, que arrasan con todo, y así es como el recién nacido se convierte en el centro del mundo de sus padres. Mark corta el cordón umbilical y lloran todos. Aitana, Mark, Lucas y las abuelas se abrazan, se sienten muy afortunados.

Bienvenido a la vida, Lucas Cook Fernández.

EPÍLOGO
AÑOS DESPUÉS...

AITANA

Ender y Clara han venido a pasar unos días con los pequeños Hande y Khan. Al final no era un solo bebé, sino dos; se enteraron en una ecografía un poco posterior al nacimiento de Lucas. Y antes de que me lo preguntes, mi hermano y Clara han puesto a mi sobrino el nombre con el su padre se ocultó cuando intentaba ligar con mi cuñada. ¿Poco originales? Quizá. ¿Bonito? Yo soy fan. Ya sabes que por formación profesional, o formación de serie soy así de ñoña y no me avergüenzo. Creí en ellos, en su historia, desde que los conocí y, aunque con el lío familiar estuve un poco absorta en mí misma, hace tiempo que he vuelto a ser la de antes. Un poco Celestina o un poco Vecina Rubia, fan de todas las historias de amor y, sobre todo, de los finales felices como el que tuvieron ellos y como el que hemos tenido Mark y yo.

Espero que a ti, que has llegado hasta aquí, también te haya gustado esta historia. Pero antes, te voy a seguir contando cómo fueron los siguientes años al nacimiento de Lucas.

Tras el parto, en el que juré en arameo que no iba a volver a tener hijos, cambié de opinión y me volví a quedar embarazada. Pero solo una vez más, con Melissa tenemos suficiente.

Ender y yo montamos una productora de cine. Y sí, ya se que dije que quería dedicarme a vivir de la escultura, y durante un tiempo lo hice, pero no funcionó. No porque no vendiera obras, que sí, lo hacía, pero me aburría estar tantas horas sola en el taller, buscando una inspiración que podía estar ausente durante semanas.

En ese tiempo en el que me obligaba a estar sola me sentía como si me hubiera castigado a mí misma, y la idea romántica de dedicarme a vivir de la escultura pasó. Ahora solo esculpo por placer. En realidad, tiene todo el sentido que me siga dedicando a ser actriz. Sergio y yo crecimos viendo actuar a nuestros padres y esa vida caótica, a veces llena de trabajo y otras no tanto, tiene su parte buena. Por eso me reconcilié en cierta forma con los focos, las claquetas y todas las luces y sombras del cine. Me costó aceptar mi nuevo cambio de opinión, pero aprendí que está bien cambiar el rumbo de tu vida las veces que sean necesarias. Equivocarse y rectificar las decisiones que tomamos debería estar mejor aceptado. La vida funciona igual que los barcos en el mar, que constantemente deben corregir el rumbo cuando la corriente y las olas le cambian su dirección.

Ah, en lo que no ha cambiado nuestra vida es en que Mark y yo seguimos viviendo en la casita verde de Southampton; hemos hecho de este sitio nuestro lugar en el mundo y nos encanta. Algún día no muy lejano, cuando los niños crezcan un poco más, volveremos a Stonehenge y veremos allí, esta vez los cuatro, el solsticio de verano que nos cambió la vida para siempre.

MARK

Sé que esperabas que fuera Ait la que terminara la historia, pero no, soy yo el que va a hacerlo. Antes de que sigas leyendo, te diré que ahora soy un hombre plenamente feliz y que no echo nada de menos nada mi vida anterior, hace mucho tiempo aprendí a sobrellevar las situaciones más dramáticas.

Empezaré por lo menos importante: mi espalda. Como no me quedaba tranquilo con los diagnósticos que me habían dado en Estados Unidos y en Reino Unido, albergaba la esperanza de que quizás no entendiera lo suficientemente bien mi propio idioma y fui al mejor médico de Sídney. Su diagnóstico fue idéntico a los de los otros dos: me tenía que retirar. Al final no me quedó otra que aceptar la situación y tuve que renunciar a mi carrera como patrón del Piratas del Mar. Fue muy duro, pero en la vida pocas veces somos realmente dueños de nuestras decisiones y no te queda otra que aceptar. Me ayudó, como siempre, mi fiel y viejo amigo George.

Durante las semanas que estuve en Sídney, además de estar con mi padre, estudiando y medio reconciliándome con mi madre, quedé todas las semanas al menos una vez con él, con George. En algún momento de la conversación en un bar cercano a su casa fue él quien me dio la claridad que necesitaba. El momento fue más o menos así:

—Dices que las personas que te han marcado más en tu vida hemos sido tu abuelo y yo, ¿no es cierto?

—Sí, pero eso no es nada nuevo para ti. —Me miró pensativo y tras un trago largo suspiro seguí hablando—. Me habéis marcado tanto que cuando no sé qué hacer miró la brújula de mi pecho y os veo a los dos.

—Entonces sigue con el legado.

—¿Cómo dices? —pregunté.

—Monta una escuela de vela —afirmó con rotundidad.

—George, no sé dar clases, no tengo paciencia. Además, montar un negocio es caro y no sé si habrá gente interesada… No lo veo.

—Excusas, Mark. Yo tampoco sabía dar clase ni tenía paciencia y te aseguro que tenía mucho menos dinero que tú cuando empecé. Y ya ves: tengo al gran Mark Cook sentado charlando conmigo cuando no soy más que un viejo cascarrabias.

—Tú ni eres un viejo, ni eres cascarrabias, y paciencia tienes para parar un transatlántico.

—Bueno, hazme caso pregunta a tu padre, quizás él te pueda dar su opinión.

—Mi padre ya eligió que esté yo aquí, ¿también decidirá sobre mi futuro?

—Mark, no seas así. Quien eligió estar aquí fuiste tú por tus razones. Que conste que no me meto y que estoy muy contento de que estés, aunque sea de paso. Sé más justo con tu padre, él fue influyó en tu futuro desde que te dejó ir a clase conmigo. Jamás ha sido un padre ejemplar, y tu madre tampoco, pero en cierta forma tus éxitos no se deben solo a tu abuelo, a mí y a ti, sino también a ellos.

—Les era más cómodo tenerme aparcado que con ellos —me defendí. Hablar de mis padres me ha puesto siempre de mal humor—. Y no, no voy a pedirle su opinión. No quiero que intervenga más en mi vida, ya estoy aquí con él, por un motivo egoísta, pero lo estoy.

—Mark, a mí no me engañas. Estás aquí porque quieres a tu padre. Estoy seguro de que si no tuviera una herencia tan jugosa habrías venido igualmente. Hazme caso y pídele la opinión a tu padre, él se ha dedicado toda su vida a los negocios y sabrá más que ambos. Quizá te pueda ayudar con el plan de empresa, si te decides finalmente a montarla. Y reconcíliate con tu madre, te hará bien.

Tras terminarnos la cerveza volví al apartamento que me prestó mi padre durante aquellos meses. Esa noche no pude dormir, George tenía razón. A primera hora me presenté en casa de mi padre, su mujer y mi hermanastra. Desayuné a solas con él, se lo dije y entonces vi el brillo en sus ojos. Se tomó las pastillas y el zumo de un trago, cogió un cruasán y fuimos apresuradamente al despacho que tenía en su casa. Estuvimos durante los siguientes días encerrados montando la sociedad, el plan de negocios para el primer año y los siguientes tres e incluso una estimación mucho mayor. Me presentó todos los posibles escenarios. Me hizo empaparme de la regulación británica y no me dejó salir de aquella habitación hasta que tuve mi plan de futuro bien organizado.

Tras aquellas semanas de trabajo intenso y duro estudio, donde solo me dejaba levantar la cabeza para hablar con Aitana, aquel hombre y yo fuimos lo que nunca habíamos sido, padre e hijo. Dedicó todas las fuerzas que le quedaban a mi futuro y gracias a aquel tiempo hoy puedo dar a mi familia la tranquilidad que tenemos. Ayudaron también los tres millones de dólares australianos, el que me legara apartamento en Bondi Beach donde viví, dinero de un par de fondos de inversión y la mitad de las acciones que tenía como directivo de la empresa en la que trabajó.

George al final se estableció definitivamente en Sídney, en su casa. Nos vemos un par de veces al año y hablamos todas las semanas. Él dice que me dejó ir. No tuvo hijos, pero sí me consideraba a mí como tal y dice estar bien. Se ha apuntado a un club de jubilados y es el rey del mar, gana a todos sus amigos. También ha conocido a una mujer con la que se va a bailar salsa los viernes por la noche y de vacaciones. Sí, mi fiel amigo ha encontrado el amor.

Respecto a la escuela de vela, va muy bien y empieza a tener prestigio. Ahora Bernard, el chico asustadizo que se enroló por primera vez en el Piratas del Mar cuando rescatamos a Ait, es el patrón de barco más prestigioso del momento y viene un par de veces al año a dar una semana de clases. No tendría por qué hacerlo, pero dice que él aprendió de mí y que para él es una suerte poder venir. Ahora soy yo el que aprende de él y sigo todos sus éxitos. También formo parte del comité deportivo que asesora al Piratas del Mar, así de alguna forma puedo seguir contribuyendo al proyecto que me mantiene en conectado con la competición.

En la escuela además tengo dos empleados y lista de espera de niños que quieren apuntarse. Lucas tiene ya cinco años y es alumno. Los sábados por la mañana nos escapamos a navegar él y yo solos para que me enseñe sus avances. Son nuestros ratos juntos, de esos que no tuve nunca con mi padre, pero sí con George y mi abuelo. Y ojalá no me equivoque, pero creo que Lucas tiene aptitudes para la vela. En cambio, a Melissa no la veo tan interesada, pero no por ello me decepciona, al revés. Ella es muy artista, prefiere imitar a su madre. Se le da muy bien darnos pena cuando no se sale con la suya y también hace esculturas de plastilina. Es la niña de mis ojos, mi sirenita de tierra firme.

Hablando de sirenas, veo a Ait tumbada en la hamaca que cuelga entre dos árboles en el jardín trasero de la casa, se le ha caído el libro que estaba leyendo en el pecho y duerme plácidamente tras una comida copiosa. Ender y Clara están vigilando a los niños. Entonces se me ocurre una idea, cojo un vaso de agua y aprovecho a acercarme sigilosamente. Está profundamente dormida, le mojo la cara y comienzo a mover la hamaca de un lado a otro de forma virulenta. Se despierta asustada hasta tal punto que le da la vuelta a la tela y la cojo en brazos, evitando su caída.

—¿Qué pasa, muñeca, estás en apuros? —Ella me mira con ojos furiosos.

—Eres un marinerito perdonavidas trasnochado —me dice, señalándome con un dedo acusatorio.

—Y tú una sirena de tierra firme a la que, una vez más, he tenido que salvar.

—Eres incorregible, Mark —responde, cada vez menos enfadada. No le quito la razón.

—Y te encanta, Ait. Ahora no me lo vas a reconocer, pero estás tan loca por mí como yo por ti. Y es que seguí a mi intuición…

—Y me dejé llevar.

Sella mi boca con un beso y yo cada vez que lo hace encuentro en ella el rumbo de mi brújula, el puerto al que amarrarme y el sol de mi futuro.

Si te ha gustado esta historia, por favor, no te olvides dejar un comentario en Amazon. De esta manera ayudarás a otros lectores y me ayudarás a mí.

Muchas gracias.

AGRADECIMIENTOS

Llevo con la idea de esta novela desde septiembre de 2016 y por fin, mucho tiempo después, sale a la luz. Ir al museo de la Volvo Ocean Race fue el disparo de salida de una idea que durante mucho tiempo no terminaba de coger forma. Por eso mi primer agradecimiento va dirigido a Juana Jiménez. Gracias por estar conmigo esos dos días en Alicante.

Gracias a ti, querida lectora, por darme una oportunidad como escritora. Si te ha gustado la historia no dudes en escribirme por redes sociales, me hará mucha ilusión saber de ti.

A Cris, Lidia, Helen y a Lucía, por ayudarme a pulir los defectos y hacer que el resultado final sea este. Gracias.

A María Díaz, a María Obieta y María F. Silvestre y Ana Mazón por darme apoyo y ánimo cuando pierdo la esperanza.

Gracias a mis padres y a Álex, poco más que añadir a la dedicatoria, pero si volviera a nacer querría volver a tener la misma suerte que tengo.

A mi estrella en el cielo; que ojalá me siga iluminando para siempre incluso en las noches más oscuras.

www.ingramcontent.com/pod-product-compliance
Lightning Source LLC
Chambersburg PA
CBHW051816150726
47998CB00001B/168